中學寫作教與評系列

議論文
批改範例38篇

劉慶華 主編

中華書局

責任編輯：黃海鵬
裝幀設計：甄玉瓊
排　版：黎品先
印　務：劉漢舉

議論文批改範例 38 篇

主編
劉慶華

出版
中華書局（香港）有限公司
香港北角英皇道 499 號北角工業大廈一樓 B
電話：(852) 2137 2338　傳真：(852) 2713 8202
電子郵件：info@chunghwabook.com.hk
網址：http://www.chunghwabook.com.hk

發行
香港聯合書刊物流有限公司
香港新界荃灣德士古道 220-248 號
荃灣工業中心 16 樓
電話：(852) 2150 2100　傳真：(852) 2407 3062
電子郵件：info@suplogistics.com.hk

印刷
美雅印刷製本有限公司
香港觀塘榮業街 6 號 海濱工業大廈 4 樓 A 室

版次
2016 年 4 月初版
2023 年 5 月第 4 次印刷
© 2016 2023 中華書局（香港）有限公司

規格
32 開（210 mm × 140 mm）

ISBN：978-988-8394-17-3

目錄

序一

一直以來，「精批細改」是香港語文教師常用的作文批改方法。教師逐字逐句詳盡批改作文，給予「眉批」和「總批」，讓學生可以準確地看到他們對文章的意見；而「眉批」和「總批」的評語，也對部分學生起鼓舞和激勵的作用。這些批語更可增進師生之間的溝通。透過這種批改方法，學生若能透徹了解教師的批改，得益比了解一篇課文更大。故這方法實有它可貴和可取之處。

不過，這方法也有其缺點。香港中文科教師工作繁重，每位教師平均需要任教三班中文。若教師要替學生每篇作文進行「精批細改」，他們實在沒有足夠的時間。另一方面，學生未必能把教師的評改分析、反思，再轉化為作文能力，主動應用於寫作上，教學效果往往事倍功半。除非香港推行小班教學或個別學生輔導，否則難以發揮「精批細改」的優點。

基於以上原因，近年教育界已嘗試運用其他的作文批改

方法，包括符號批改法、量表批改法、同輩互評、錄音診斷法、重點批改法等多元化的批改方式。而「重點批改」是較多教師採用的批改方法，可是，坊間有關這種批改方法的研究和參考書籍並不多。

「中學寫作教與評系列」共有五冊，以記敍文、描寫文、抒情文、說明文、議論文寫作教學為主，每冊收集了十九位教師的作文批改示例，證明教師可以按照教學目的，使用重點批改法，有系統地重點批改作文。另外，教師亦針對有關重點，作出適切的「段批」和「總批」，有系統地給予學生意見，讓學生更能透徹了解自己的寫作優點和缺點，提升寫作能力。還有，每位教師批改作文後，均撰寫了「老師批改感想」，寫出他們對寫作教學和批改的心得，加深了教師的反思和交流。這些批改重點得來不易，是語文教師的寶貴經驗和心得。語文教師的工作任重而道遠，這套書對設計寫作教學和評改，有很大的參考價值，讓寫作教學更能得心應手，更希望能減低語文教師的工作量。

謝錫金教授

香港大學教育學院副院長

序二

　　讀寫訓練一直是語文教學的重點，培養學生利用流暢通順的書面語恰當地説明事理、抒發感情、表達思想，乃至毫無障礙地與人溝通交流，是語文教師一直努力不懈的目標。大部分教師在這方面所投入的精力，可謂不少。但成效卻一直不太理想。沒完沒了的作文批改流程和無甚起色的學生表現，也曾經構成我教師生涯中頗不愉快的回憶。我相信這也是不少教師的共同經歷。

　　到底寫作教學應該怎樣實行才有成效，是一個值得我們再三思考的問題。在教育當局推出中國語文科新課程的時候，中華書局計劃出版這套有關寫作教學的系列，顯然有相當積極的意義。

　　這套書的主編指出，寫作教學要取得理想的效果，教師必須有周詳的計劃、明確的訓練目標，並要結合篇章教學，以寫作能力作為訓練和批改的重點。其中有明確的訓練目標，是非常重要的一項。這是從教師的角度而言的；而從學

生的角度來説，則是要有明確的寫作目標。

個人認為，香港寫作教學的一個普遍毛病，是「作文」的味道過於濃厚，「作」的成分多於實際表達的需要，在這種情況下寫成的文章，很難做到言之有物。學生為文造情，寫作動機和興趣往往不會太高，教師無論花費多大精力，「精批細改」，也不一定能吸引學生細心體味批改背後的原因。教師的精力時間往往花費了不少，卻得不到應有的效果。造成這個局面，往往在於我們沒有構思好一篇作文的真正用意，沒有結合學生的實際生活和經驗，寫作一些與他們關係比較密切，又使他們覺得有表達需要、有實際用途的文章。

我曾經見識過一所學校的英語寫作訓練，覺得教師的整個教學環節安排得靈活生動，讀、寫、知識學習等互相配合，作業模式實用而多樣化，很值得我們借鑒，不妨在這裏跟大家分享。

那所學校的英語教學有部分環節跟史地學科組合成綜合單元式教學，其中一個單元的主題是古埃及，有關埃及的歷史、社會制度、農耕物產、建築、宗教、文化、藝術等內容，部分在課堂上教授，部分作為閱讀內容，並配上相關作業，訓練閱讀能力。至於寫作教學，則有以下一系列不同性質和訓練重點的作業：（一）參考古埃及的灌溉用具，學生自行製作一台可以活動的水車，然後寫一段文字，説明水車

如何運作，以此訓練說明技巧；（二）假如要在古埃及的市鎮開設一家飯館，根據已學過有關古埃及的農作物和牲畜飼養情況，設計一份菜單，以此訓練創意思維及表列手法；（三）根據所學到有關金字塔、神殿、方尖碑及埃及文化藝術等資料，為埃及旅遊局撰寫兩段文字，向遊客推介古埃及遺留下來的歷史遺迹，以此訓練說明、描寫技巧及宣傳、說服等表達手法；（四）在網上搜尋資料，在兵器、音樂、美術、宗教、建築等專題中任選一個，寫一篇專題文章，介紹相關內容，以此訓練閱讀、綜合、組織、報告等技巧；（五）模仿所學的英詩格律，結合古埃及人注重死亡世界的觀念，以木乃伊為題，創作詩歌一首，表達對於死亡、永生的看法，以此訓練抒情手法及詩歌創作技巧。

這種將專題教學、閱讀、寫作能力高度融合貫穿的教學模式，是中文教學界所少見的，實在令人眼前一亮。它的好處不但是形式多樣化，而且不同作業各有目的、作用和重點，彼此互相配合、互相補足；更重要的是它突破一般寫作訓練的框框，讓寫作不再是孤立的活動，學生不需要面對或抽象、或陳舊、或遠離生活的作文題目，搜索枯腸，無話可說。

探索寫作教學的新途徑，我覺得有無限可能性，問題只在於我們願意跨出多大的一步。現在有教育界同人作出寫作教學的新嘗試，實在是可喜的現象。

　　我跟慶華是中文大學研究院的同學,知道他一向對中國文化、對教學工作充滿熱誠。供稿的作者中,也有不少昔日的同門。現在他們共同為中文教學作出貢獻,探索寫作教學的新領域,中華書局同事囑咐我代為寫序,當然義不容辭。在港的時候雜務纏身,一直抽不出時間下筆。結果稿成於尼羅河上,當時正在埃及度假遊覽,五千年的古埃及文明令人驚歎折服,古埃及的寫作例子更加生動地浮現於腦海中……

陳瑞端教授

香港理工大學人文學院副院長

主編的話

　　中華書局為配合中學中國語文科新的課程需要，二零零三年已出版了《老師談教學：中學中國語文篇》，這次又出版一套寫作教學叢書，合共五本，包括了五種文體：記敘、描寫、抒情、說明和議論，定名為「中學寫作教與評系列」。每本書主要包括一篇有關寫作問題的短文、批改文章部分及一篇後記。寫作問題部分，主要是提出一些寫作上要注意的事項，或者我個人的想法，希望能引起老師注意和反思，有助他們訓練學生寫作；批改文章部分是全書重點所在，老師通過運用寫作能力作為批改重點來批改學生的文章，從而說明學生在寫作能力上的表現，讀者可以藉着這部分了解批改者的批改方法，並從批改者的建議中得到啟發。最後，我就着今次的主編工作說幾句話作為全書的後記。

　　過去多年來，我們教導學生寫作，出了題目後便用心教他們如何結構、如何用修辭、如何開頭結尾，可以說訓練的重點無所不包，然而，這樣的教法，有多大的成效呢？而老

師批改時，結構、修辭、錯別字、標點⋯⋯無所不改，改了這麼多年，又有多大的成效呢？我覺得要提升學生的寫作能力，先要有一個周詳的計劃，每次訓練要有明確的重點，這樣的教學才會有效果。所謂有周詳的計劃、明確的學習目標，就是：先要定好每一級教甚麼，篇章之間的訓練重點要有關聯，年級之間又能銜接，而不是「東一拳、西一腳」式的訓練。我不知道有多少老師在教作文時，會有這樣周詳的考慮。或者我大膽地說，有時老師只是比較籠統地訓練學生，訓練的目標不太清晰，以致學生只是胡亂地堆材料，拉雜成篇。學生長期處於這種學習環境，很難提高他們的寫作能力。還有一個普遍現象值得注意，很多時候老師教篇章時，會提到每篇精彩的修辭及寫作技巧，但在作文時老師又不要求學生運用，這樣學生學到的知識便不能透過實踐轉化為能力，這是很可惜的事。

中文科老師最怕的要算是批改作文了。老師批改學生作文時，多是「精批細改」或「略改」，這是傳統的批改方式。這樣的批改，往往忽略了批改的重點。傳統的批改方式固然有一定的成效，但花了老師大量時間、心力，效果是不是很理想呢？這點大家心中有數，不必多說。現在我們嘗試用寫作能力作為訓練和批改的重點，試試這種方法是否更有效提升學生的寫作能力，而老師又可以省了時間批改，達到事半功倍之效。

　　我在這套書中，提出以寫作能力作為訓練及批改重點，對我或者對部分老師來說，都是一次新的嘗試。我今次邀請參與這個批改計劃的老師，都是有多年教學經驗的，他們抱着提升學生中文水平的心，在百忙中仍抽空參與了這項工作。在他們交來的稿件中，可以見到有部分老師初時仍不習慣這種批改方式，以致稿件要作多次的修正，而每次的修正都是如此的認真。他們的用心和工作態度，都是值得欣賞的。我在給每一位老師的信裏說，我們可以視這次是教學心得的交流，而不是要製造範本。我希望通過這套書，能使中文科老師興起試用新的批改方式的想法；希望老師可以用最少的時間，提升學生的寫作能力，而不是長期陷於毫無成功感的苦戰中。

　　這套書的每一本由十九位老師批改自己兩位學生的文章組成，文章要不同題目，批改時定出兩至三個能力點作為批改重點。換言之，兩篇便有四至六個批改重點。這樣讀者便可以看到多個不同的批改重點，評改同一種文體的方法。我本來打算限定每位老師用某種能力點來批改，但考慮到每位老師的教學環境不同，很難這樣規定，於是只把每種文體的特有寫作能力和各文體的共通寫作能力列出，請他們在當中找適合自己使用的作為訓練及批改的重點。這樣的安排，自然會有重複的情況出現，這也是不能避免的。以記敍文為例，全書有三十八篇文章，便應有最少七十六個的能力點，

但這是不可能的，既然不能避免重複，那倒不如讓老師多些自主權，因應實際的需要來選擇寫作的能力點。如果這樣，便會有可能出現某種能力多次被用作批改重點，而某些重點則沒有老師使用。然而，從另一角度來看，這種現象是否反映了某些教學上的問題呢？如果真是這樣，這是值得探討的問題。

我在內容結構中，列出「設題原因」和「批改重點說明」，請每位老師先說明為甚麼選這道文題、為甚麼選這些能力點，而每篇文章的批改，要對應「批改重點」，凡與「批改重點」有關的，都應該詳細批改；與重點無關的，則可以隻字不提。批改後，老師就着學生在寫作能力方面的表現提出建議。老師批改完同一種文體的第二篇文章後，要寫一段「老師批改感想」，談談在批改時遇到的困難和感受，這部分相信對前線的中文科老師會有一定的參考價值。

這套書的文章來自各老師任教或曾任教的學校，在得到學生和家長的同意後，我們才選用這些文章，這是尊重他們的創作權。我請老師挑選較有代表性的作品，但不一定是最優秀的作品，這樣會較易看出這種批改方法是否可行。

在這套書，我仍然用文體來分類，因為我覺得用文體來分類，無論對讀文教學或寫作教學都提供了方便。當然有人會覺得這是落後的做法，不是早已有人提出要淡化文體嗎？然而，我卻不同意這種說法。文體是經過長時間的醞釀才能定型，定型後便各有特色，彼此不能取代；各有各的功能，

彼此不能逾越。文體是載體，沒有文體便很難把寫作手法表現出來，例如我們不能只要求學生寫一篇說明的文字或者記敍的文字，而不給這些文字正名；用文體來分類是有必要的，只要我們看看古代的文體分類，便會明白個中的道理，我不想在這裏花太多的時間來討論。我將散文分為五類：記敍、描寫、抒情、說明、議論，這五類很明顯是用表現手法作為分類，這樣便會出現很多灰色地帶；於是又有人提出記敍、說明、議論三分已足夠的說法。這種分法自有一定的道理，但也不足以解決分類的問題，主要的原因是這幾種仍是表現的手法。可以說，到目前為止，各種分類的方法都存在着不同的問題。既然如此，便不妨沿用大家熟悉的表現手法，作為文體的分類，最低限度我們可以較清楚說明每一種文體的寫作特點。

　　我主編這套書是出於堅信這樣的批改方法是可行而有效的，正因為這樣，這套書除了提供一套批改作文的方法外，還起着交流心得的作用。讀者可以看完這套書後試行這套方法，又或者看完後有自己的想法，又或者看完後仍沿用「精批細改」……總言之，無論結果怎樣，只要是它曾經引起過讀者的反思，它便已發揮了作用。我當然希望讀者在反思後，能設計出更有效的批改及教學的方法。

劉慶華

批改者簡介（按姓氏筆畫排列）

王敏嫻，畢業於香港中文大學中文系，後取得教育學院教育文憑及教育碩士，主修課程設計。現為聖公會白約翰會督中學副校長。於二零零三年借調香港教育統籌局課程發展處中文組，擔任種籽老師，協助新課程發展。曾於《老師談教學：中學中國語文篇》，發表〈可望可遊可觀可留的文學教育〉。

余家強，畢業於香港浸會大學中文系，獲文學士榮譽學位，後取得香港大學專業教育證書。現任教於佛教何南金中學，主教中文科。

呂斌，香港中文大學中文系文學士、碩士，教育文憑。曾任天主教鳴遠中學中文科科主任、香港考評局教師語文能力評核科目委員會委員。

林廣輝，香港大學文學士、教育文憑，香港中文大學教育碩士。曾任課程發展議會中學協調委員會委員、香港考試局中國文學科科目委員會委員、大埔區中學語文教學品質圈導向委員會成員。現為香港道教聯合會圓玄學院第二中學校長。

胡嘉碧，先後畢業於香港中文大學中文系、教育學院及研究院，取得榮譽文學士學位、教育文憑及課程教育碩士學位。曾為宣道會陳朱素華紀念中學中文科科主任及香港中文大學教育學院中文科教學顧問。主要研究興趣為中國語文課程改革及資訊科技教學，曾參與香港教育學院中文系何文勝博士的「能力訓練為本：初中中國語文實驗教科書試驗計劃」。

孫錦輝，畢業於香港浸會大學中文系。現任職於迦密唐賓南紀念中學，任教中文及普通話科。

袁漢基，香港中文大學中文系哲學碩士。曾任西貢崇真天主教中學中文科科主任。

郭兆輝，一九八零年畢業於香港中文大學，二零零零年獲香港中文大學教育行政碩士學位。現任元朗公立中學校長。

陳月平，一九九六年畢業於香港中文大學中文系，二零零零年完成香港中文大學歷史學部碩士課程。自大學畢業後，一直任職中學老師，主要任教中文科及中國文學科。

陳傳德，香港嶺南學院文學士（中文及文學）。現為仁濟醫院王華湘中學中文科老師。

彭志全，台灣師範大學國文系文學士。曾修讀香港中文大學中文系哲學碩士課程，後取得香港大學教育學院教育文憑。曾任教於佛教大雄中學。從事中學中文教學約二十年。

楊雅茵，畢業於香港大學中文系。畢業後從事教育工作，現於博愛醫院鄧佩瓊紀念中學任教，並於二零零一年完成香港中文大學教育學院兩年兼讀制學位教師教育文憑課程。

詹益光，畢業於香港中文大學中文系，後取得教育文憑、文學碩士、文學博士。現任教於東華三院黃笏南中學，曾任地區教師網絡交流計劃項目負責人。

劉添球，一九八一年畢業於香港中文大學中文系，曾獲崇基學院玉鑾室創作獎。畢業後先後任教於聖貞德中學及新亞中學。其後轉職廣告界及商界，任廣告撰稿員及業務發展經理。一九九一年重返教育界，現為樂善堂梁銶琚書院副校長，負責校內行政及學務發展。

歐偉文，畢業於香港中文大學中文系，後取得香港中文大學教育學院教育文憑。現任路德會呂明才中學中文科科主任。

歐陽秀蓮，畢業於香港浸會大學中文系，後取得香港中文大學教育學院教育文憑。現任職中學教師。

潘步釗，香港浸會大學文學士，中山大學文學碩士，香港大學哲學碩士、哲學博士。曾任課程發展議會 —— 香港考試及評核局中國語文教育委員會（高中）特聘委員、香港藝術發展局文學顧問。現為裘錦秋中學（元朗）校長。

蔡貴華，先後畢業於香港中文大學中文系及香港能仁哲學研究所，獲得文學士及哲學碩士學位。現為寶血女子中學

中文科科主任。

　　蔡鳳詩，畢業於香港中文大學，主修中文，並修畢由香港中文大學開辦之教育文憑課程及教育碩士課程。現任教於佛教茂峯法師紀念中學。

導論：舊法新用

　　要學生寫一篇像樣的議論文，往往會比寫抒情文、記敍文難，主要的原因是學生的邏輯思維訓練不足，不單句子有問題，結構的問題更大。有老師因此要分項來訓練學生，特別是論證的方法，今天學甚麼歸納法，明天又學甚麼演繹法……我不知道學生學會多少這類方法，學會後能應用的又有多少人。我以為在學生未學會這些方法之前，我們不妨先訓練學生全篇的結構。

　　議論文的結構可以有多種方式，然而我在教唐詩的時候，想起了舊法可以新用，特別是用在議論文上。就以唐詩絕句為例，李白的《早發白帝城》：

朝辭白帝彩雲間，
千里江陵一日還。
兩岸猿聲啼不住，
輕舟已過萬重山。

這首詩是李白在唐肅宗乾元二年（759）的春天寫的。當時李白正因為永王璘案被流放夜郎，至白帝城時，忽聞獲赦，驚喜萬分，立即乘船東下江陵。這首詩抒寫了他當時愉快的心情。

詩的第一句是起句，點出時間、地點，並藉着早晨的美景，暗示美好的前程。第二句是承接上句而來，運用空間之遠——「千里」與時間之短——「一日」作了強烈的對比，因此凸顯出一種「飛快」的感覺，更寫出詩人極渴望可以早到江陵的心意。第三句筆鋒一轉，寫船經過三峽時，聽見猿啼，而猿的叫聲，在輕舟過後，仍縈繞耳邊不去，可想而知，這隻船速度之快。猿啼本來是令人感到淒涼的，杜甫就有「聽猿實下三聲淚」的詩句，然而李白因為心情愉快，反而用猿啼來襯托他當時的心情，寫得高妙。最後一句，用「輕」來寫小舟之快，這種輕的感覺當然是李白主觀的感受。為了說明如何輕，他用「已過萬重山」來說明這只不過是轉瞬間的事。過了萬重山之後，風景如何？作者沒有說明，但已留下了很多很多的想象空間給讀者。這樣作結，有餘音裊裊的效果。

古人作文作詩，很多時候都會用到「起、承、轉、合」的方法，但不知道為甚麼現在的老師教學生寫作時很少提到。其實這是頗有效的結構方式，特別是用於議論文。議論文的一般結構是先提出問題，我們稱之為「引論」；然後

分析問題，我們叫做「本論」；最後是解決問題，這是「結論」。事實上，這樣的結構，正是「起、承、轉、合」的模式。「引論」是「起」，「本論」包含了「承」和「轉」，「結論」是「合」。這種結構方式，有老一輩的學者稱為烏龜式，是最四平八穩的寫法：第一段是頭（起），中間兩段是身（承和轉），最後一段是尾（合）。倘若學生能掌握到這種結構方式，已算初步掌握了議論文的寫作方法。

我們試以蘇洵的〈六國論〉為例加以說明：

> 起
>
> 六國破滅，弊在賂秦。（**明確提出自己的看法，這是全文的中心論點。**）
>
> 承
>
> 賂秦必招致滅亡。（**承接第一段，說明何以賂秦會招致滅亡。**）
>
> 轉
>
> 不賂秦的國家未必會滅亡，然而卻被賂秦的國家拖累，加上個別國家的策略失誤，以致難逃滅亡的命運。（**筆鋒一轉，從反面說明不賂秦是生存的方法，可惜不能實行。**）
>
> 合
>
> 作者最後提出挽救國家的一些建議。（**提出自**

己的見解作結，同時借古諷今。）

「起、承、轉、合」是議論文的骨架，學生要掌握得好才能寫出好的議論文。我認為骨架的訓練，最好還是逐段訓練。我們先教學生起段的方法，開門見山、先破後立等都可以教，然而不必教得太深，也不必要求學生寫得太長，只要清楚說明自己的立場就已足夠。要論點有力，就要把論點放在開頭，像蘇洵的〈六國論〉，開門見山，一目了然。同時注意提出論點時，要用完整的陳述句，不要用問句，用問句便顯得無力。承接段是依起段的論點繼續引申，可以視為正面的寫法。為了加強說服力，在這段中要提出相關的論據。選擇論據時要注意最好用真實的事例，要經得起考驗。有部分學生會自己創作事例，甚至為了達到支持自己的論點，不惜捏造事實，這是不正確的做法。事例的多寡與平時累積資料有關，因此老師在平時要多訓練學生觀察、儲存資料。積累是一種能力，要使學生養成這種習慣，到寫作時，事例自然會源源不絕來到筆下。運用論據的時候，同時要注意到這些論據是否流於陳腔濫調，我們要用新穎的例子，就算是引句也要有新意。好像論愛惜時光，倘若仍用「一寸光陰一寸金」這類套語，便沒有新意，也引不起讀者閱讀的興味。至於轉折段，則剛好與上兩段的原意相反，這一段只要針對前面的論據，提出相反的意見就可以了，可以說這一段是比較

易寫的。在這裏我要強調，如果在「承」、「轉」兩段的起句和結句的結構大致相同，並把每段的中心句放在首句，這樣不但條目清晰，而且加強了說服力。最後是總結段（合），在這一段要就着上面的討論作總結，並提出自己的見解，最好做到和第一段相呼應，並再次強調自己的論點。

我們試以「論全面禁煙」為例。假設我們認為必須全面禁煙，那麼我們第一段起段便要先提出自己的論點，說明應該全面禁煙；然後第二段承接第一段的論點，舉出不同的例證來證明全面禁煙是對的，例如醫學報告、調查全面禁煙的報告等；跟着第三段是轉折段，從相反的角度來說明不應全面禁煙，並舉出例證來加以說明，例如食肆老闆的意見、吸煙者的意見等；最後一段是綜合上面正反的意見，提出個人的想法，同時回應第一段的論點作結。這樣寫法，條理既清晰，結構又穩當，學生很容易掌握。

上面所提到的是不失為可行而古老的結構方法，大家不妨試試。

劉慶華

老吾老

年級：中六
作者：張少英
批改者：王敏嫻老師

設題原因

1. 由中國文化之孝義，引申至探討現代人與長者相處的問題，與傳統中國文化作今昔比較。

2. 訓練批判思維。

批改重點

1. 論點、論據及論證的相輔相承。

2. 議論文的結構。

批改重點說明

1. 檢視作者在提出論點後，是否用恰當的論證手法使論據顯現以發揮個人觀點。

2. 議論文的結構能體現作者是否具有恰當的思考方向。

批改正文

範文

「老吾老以及人之老，幼吾幼以及人之幼」，是建立大同社會的基石，大小同得照顧，人人互助互愛，才能國泰民安。照顧自己的父母，是最理所當然的事，比吃飯睡覺來得緊要，捨生取義，孝道絕不容人為了半點利益而犧牲。道德比性命更重要，人若沒有保衛道德領土的意識，便與禽畜無異。放棄供養父母，就等同於放棄做人的資格。

在現代社會中，要各人能夠照顧自己的父母竟已成了難事，甚至當下的道德水平已淪落到不知孝義為何之境地。狗兒還懂向主人搖尾示好，主人有難時，靈犬更會奮身拯救主人；但有些人卻連狗輩也不如，視自己的父母如包袱，不屑於為父母露出欣悦

評語

● 題目原取自《孟子》，緒論先引原句，闡明中國文化中對長者、對孝道的重視。然後提出本文的論點——以放棄供養父母為非人的表現立下全文基調。作者對這個問題的個人意見鮮明，使往後幾段的論據能有足夠的説服力。

● 此段開始為本論部分。作者圍繞着論點，提出恰當的論據：以狗也懂得救主人，比喻不孝敬父母者連禽獸不如。現代人每每視父母為包袱，不願以和悦之色在日常起居生活中照顧父母，更有人做出一些喪心病狂的事，進一步發展觀

之色，甚至為奪家財不惜殺害自己的爹娘。「百行孝為先」，禽獸不如的他們又如何能推恩至別人 ——「老吾老」、「幼吾幼」的大同希望幻滅，小康社會之建立亦遠矣。

莫說一些駭人的事件，在熟悉的人當中，有不少人都不喜歡與老人家同住，不是嫌他們的藥酒味，就是怕要為他們抹身，怕要侍候他們。祖父、祖母對孫兒都是特別疼愛的，餵食、洗澡到換尿布，白天到黑夜，他們從沒有厭惡帶養孫兒。就是孩子的爸媽也沒有這樣照顧周到，只讓兒女待在父母身旁，自己則只顧掙錢，為甚麼反過來埋怨那麼多，卻沒想過報恩？

怕麻煩，怕骯髒，怕難為情，逃避要照料他們的責任，恐怕不比對長者說侮辱說話來得可怕。曾經在

點 —— 指出現代社會如不能敬老，難以建立理想的生活。本段的引申論據有力，社會問題點到即止，只提出現代人的問題，以待第三段再進一步以事例證明。

● 以生活實例為證，以批判的態度，反思車廂中婦人之言，以顯出現代人忘記孝義、忘記尊敬長者之

輕鐵車廂內，聽到兩位婦人的對話，使我感慨極深。一位婦人的家翁最近過世，正當朋友上前安慰之際，她竟說：「那一晚是他的回魂夜，丈夫剛巧到內地去，剩下我和女兒兩個，我連忙收拾東西，跟女兒到親戚家裏借宿，要是他真的回來，不知道他會不會傷害我們倆……該死的，丈夫偏偏在這個時候不在家。」難道她的家翁是個十惡不赦的人，就是媳婦和孫女兒也會傷害？雖沒有血緣關係，但結婚以後與家翁便是親人了，虎毒不吃兒，若非曾加害於他，又何用懼怕呢？我聽後只感到她的冷漠無情。中國人有清明、重陽二節，為要祭祀祖先以盡孝義，盡的不僅是倫常規條，而是盡心。若對長輩有不敬之心，敷衍了事，怎可真誠地對待其他老人，再及於所有人呢！

後果，不單死生之路隔，更顯出現代社會人與人之間的疏離，從而反襯出「老吾老」的傳統之可貴。

「祭神如神在」，愛護老人也要以真心相待，無論過去、現在和將來，孝道的精神從沒有改變。很多人自小便失去照顧長輩的機會，他們只可隔着墓碑說愛，不能再侍奉他們。何不珍惜眼前人，使自己將來不會追悔，不會怪責自己變成豬狗般的禽獸。請由自身開始，珍惜愛護長輩的機會，不要在愛你的親人離去時，心中留下長長的淚痕，後悔那時沒有抓着機會說句體貼的話。由今天起，在日常生活中幫忙做點小事，如搥搥肩、按按背以求盡孝於眼前，疼愛你的長輩如至寶。

不求大同的盛世，不求沒有痛苦的天堂，但願在人間有一片小小的樂園，那裏沒有被忽視的老人，更沒有不孝的子孫。

● 緊接第四段，由批判到建設，針對現代人的問題，要求人們須「老吾老」，不單回顧本文主題，更提出作者寶貴的意見。

● 結論部分，總結以上論證的必然結果，以較富感情的筆觸，精簡而有力地要求讀者不要做不孝的禽獸，而應一同締造人間的樂園。結論極富啟發性。

總評及寫作建議

　　議論文的寫作，行文用字固然重要，但一定不可欠缺全篇文章的結構。文章結構嚴謹，正表達作者的思維細密，能清晰地顯現整個推理過程，才有說服人的機會。本文的佈局，簡單而鮮明，先提出論點，然後提出論據作為論證，最後總結論點，表達作者的期望。論點、論據、論證手法三者緊密運用，使作者的見解有別於一般現代人對待長者的價值觀，從而無可動搖地確立。

　　建議同學在下筆前，必先冷靜思考，準備好詳細的大綱，才可下筆。現在流行利用腦圖（mind map）或思考圖（concept map）作為寫文章前協助思考的方法，這有一定的作用，而思考圖具備的層次步驟非常合用於寫作議論文。

勸誡同輩切勿沉迷於網上遊戲

年級：中三
作者：李倩婷
批改者：王敏嫻老師

設題原因

1. 針對某些已存在的觀點，提出反駁，提出己見，進行議論，是常見的議論方式。為使初中學生能在寫作前顧及對象及針對對象寫作，於中三級特設遊說單元，以訓練學生掌握對象及駁論的能力。

2. 同學寫作前先研習鄭罡宜〈你想複製一個你嗎？〉、潘金英〈給女兒的信〉、〈趙氏孤兒〉、〈燭之武退秦師〉及〈鄒忌諷齊王納諫〉等，以學習遊說的策略。

批改重點

1. 確定遊說的對象及掌握作者的態度。

2. 動之以情，說之以理。

批改重點說明

1. 掌握對方的立場態度，針對問題，提出論點。

2. 為使文章觀點具說服力，內容必須情理兼備，才能動人。

批改正文

相信與我同年紀的你，就算不熟悉電腦結構，也能使用它提高工作效率，改善生活。網絡更是奇妙，能讓人和遠方的親友、甚至不認識的人交上朋友。網上遊戲更是一種受青少年歡迎的消閑方法，相信你也會同意吧！

● 先確立對象，以自己與對方同年，藉此拉近與對方的距離。並先對電腦的應用作出認同，與對方同聲同氣，動之以情。

但是，沉迷於電腦遊戲又是另一回事！我不能説「電腦遊戲」是十惡不赦，或許，我得承認它能替心理壓力沉重的學生減減壓，同意嗎？但若「沉迷」，卻絕無好處。《中國青年報》前幾年的報道説，華東理工大學退學和轉學的二百三十七名學生中，有八成以上因為過度沉迷於電腦遊戲而影響學業，面臨退學危機！一名在交通大學就讀的學生在網上就坦誠地説：

● 第一段談的是「應用」電腦和以「網上遊戲」作消閑的層面。第二段卻筆鋒一轉，帶出論點，針對「沉迷」的核心問題。由於「沉迷」不再是「應用」的層面，觀點鮮明，理由充分，使人難於反駁。不單論點鮮明，並引用數據資料，論據也充足。

「整天沉溺於那些低級趣味的網絡遊戲中，不僅學習成績一次又一次地亮起『紅燈』，而且令身心精疲力盡，怎會不影響身心健康呢？」影響學業，影響健康，值得嗎？

其實，沉迷於網上遊戲的青少年，又怎會不清楚這些影響呢？可惜忠言逆耳，失去了學業和健康，便追悔莫及。無節制地玩電腦遊戲更會影響視力。你看，「四眼同學」不是愈來愈多了嗎？而且，在學校坐了大半天，空餘時間還不用來做運動，還要坐上多個小時玩網上遊戲，如果坐姿不正確，發育中的你更會引致脊骨發育不良。

上海市大學生研究中心主任陸勤曾說：「信息網絡在給人類帶來進步的同時，也帶來不少『麻煩』甚至消極影響。」以上所提及的例子雖然都屬

● 掌握青少年「反叛」的心理，以青少年本身就是最清楚問題所在，使被遊說者作自我反省。更以身邊同學的健康問題，要被遊說者洞悉危機所在，而不是一味說教。

● 引述多項數據資料後，再以反問句作結，請求被遊說者「把握屬於自己的時間主權」，動之以情，使對方不得不感動。

於內地的情況，但是不正也是你我所面對的問題嗎？只要你是沉迷者，不就會發生在你的身上嗎？希望各位同輩切勿沉迷於網上遊戲，把屬於自己的時間主權奪回手上，不要讓網絡控制自己！

總評及寫作建議

　　本文作者能充分掌握遊說的技巧，能掌握對方心理，即動之以情，挑戰青少年的反叛心理；更能旁徵博引，用上不少數據資料達到以理服人，可見同學在下筆前花了不少心思在資料搜集上，這是寫作議論文章的基礎。在此基礎上，作者更能在論據中，清楚反映道理 —— 同學沉迷於網上遊戲是因為對方沒有掌管時間的結論。由於創作目的所限，同學以遊說為目標，不宜多說理，故同學收結於此亦屬恰當。

　　如同學能進一步抓緊以上論點，繼續提出更多更豐富的論據和論證，可另寫成一篇不錯的議論文。

老師批改感想

　　議論文寫作對一般中學生來說，好像是很沉悶的事，可能是他們日常欠缺訓練、欠缺思考，而議論文本身又給學生「說教」的感覺。但是，如果我們將議論文的範疇擴闊，遊說文章也可是一項訓練的方法。但是訓練的目標要清楚，重於確定遊說的對象、對方的態度以及如何情理俱備。當學生明白寫議論文也需要考慮到這些問題時，就必須再提升訓練的層次 —— 即要以道理為先，文章需要顯明真理，不能只為求對方認同而不辨是非。

　　因此，日常多閱讀，擴闊視野，以求博聞；多思考，以批判的態度對待新知新見，退而勤思，以求理出個人的觀點立場，才有獨創之見及深刻之論。

談談漫畫對青少年的影響

年級：中四
作者：林芷玲
批改者：余家強老師

設題原因

　　1. 時下香港的青年學生喜愛閱讀漫畫刊物，反而對文字讀物則愈看愈少，此情況於本校更為明顯。而漫畫內容的好壞對青少年影響深遠，所以設下本條議論文題目，給學生一個反思的機會。

　　2. 本校中文學會為推動閱讀風氣，舉辦「讀書會」，為配合是次活動，老師曾與學生討論以上題目。

批改重點

　　1. 議論文佈局謀篇中開頭結尾的呼應關係。

　　2. 論據：事例、數據。

批改重點說明

　　1. 開頭和結尾段落內容要有一定的呼應，令讀者感到文章內容思路統一，亦加強了文章論題的肯定性。

　　2. 文章論據最少要求有事例方式及數據方式兩種表達方式。論據是支持文章論點的根據，是一些具體的資料，論據

足夠的話，可增加文章的說服力，這方面學生把握較弱，故有此要求。

批改正文

範文 　　　　評語

範文	評語
漫畫可以對青少年帶來甚麼影響呢？我認為要視乎它是甚麼漫畫。如果是有教育意義的就是好漫畫；相反，如果內容渲染色情和暴力的就是壞漫畫，而壞漫畫就像一種病菌，會慢慢侵蝕青少年的思想、行為。	● 利用設問帶出主題論點，能透過自問自答之方式開展。就內容而言，亦能與末段形成呼應作用，從而加強議論力量。
我們首先談談漫畫對青少年所帶來的壞處吧！如果青少年沉迷於看漫畫，可能會無心上課，整天想着漫畫中的男女主角、故事的細節等，於是忍不住在上課的時候，偷偷地看漫畫，這樣不但會影響學業成績，無心向學，更會被老師責罰。	● 論據形式：事例。事例必須合理典型，不能過分極端。
有些青少年看漫畫已經「上癮」了，對作文的影響就更加大，因為漫	

畫內的文字全是口語，而且往往非常粗俗。青少年正是學習基礎知識的重要階段，所以好學的青少年便會通通照學，如果運用在說話、作文上，這樣會對青少年的語文水平產生一定的影響。

其實看漫畫對青少年亦是一種負擔，由於漫畫的價格不算便宜，只要我們到書報攤一看，每本漫畫動輒數十元一冊，這樣對一些尚未有經濟能力的青少年來說，未嘗不是一種負擔。更甚者，有些仍然在學的青少年為了購買漫畫，便去做兼職，最後亦會影響學業。

● 論據形式：利用數據解釋漫畫令青少年加重經濟負擔。

另外，最可惡的是有些漫畫為求增加銷量而滲入不少色情和暴力的元素，由於青少年的心智未成熟，因此青少年會模仿漫畫中的所謂英雄人物，甚至迷信能以暴力解決所有問題。

　　壞漫畫的壞處真是罄竹難書，不如談談好漫畫吧！其實漫畫的主要目的是提供娛樂給讀者，青少年這麼愛看漫畫，原因就是漫畫可以帶給他們快樂，幫助他們排遣煩悶。有些具教育意義的漫畫更可以幫助青少年學習，例如《成語動畫廊》，利用圖畫教授成語，這樣青少年會較容易接受，也更容易明白，對學習成語可說是事半功倍哩！

　　我認為不可以認定全部漫畫都是不良的刊物，雖然現今愈來愈多色情和暴力的漫畫推出，但亦有一些富於教育意義的漫畫；最重要是我們懂得選擇質素良好的漫畫，這便可寓學習於娛樂了。

● 綜合及建議如何選擇合適的漫畫，與第一段首尾呼應。

總評及寫作建議

　　本文內容針對時下漫畫對青少年的影響，説明漫畫的內容有好壞之分。文章先論述壞的影響，然後再寫好的影響，文章結構及段落尚算分明，每段亦有適當的重點；所舉論據亦合理，惜論據資料不夠充分，多自我的演繹而欠缺具體的論據支持。另外，文章應加強「漫畫對青少年也有好的影響」部分的篇幅，令內容中提及的好與壞的因素比重不致相差太遠。最後，建議文章可加入「如何選擇漫畫」的部分，令文章架構更見完整。

有人説：「學校教育比家庭教育更重要。」這句話對嗎？試談談你的看法

年級：中五
作者：劉永添
批改者：余家強老師

設題原因

1. 現今中學會考公開試的擬題形式，已放棄早年的「論友誼」、「論修身為治國之本」一類的嚴肅題材，而多以一些略有爭議性的情況或語句刺激學生思考，由學生輕鬆地「談談」自己的意見。所以設計本題，讓學生熟習該類題目之要求。

2. 學生自出娘胎便接受所謂「家教」的家庭教育，而在香港亦推行九年免費（強逼）教育學制，因此學生對「學校教育比家庭教育更重要」這句話語亦感受良多。故擬訂上述題目方便學生發揮。

批改重點

1. 論點：於首段確立論點。

2. 佈局謀篇：每段落須有一明顯論證及能運用適當的字眼顯示層次。

3. 論證：比較法。

批改重點說明

1. 學生入題緩慢浪費筆墨，應利用開門見山手法於首段提出論點。

2. 一篇層次分明、思維邏輯次序合理的議論文能幫助讀者迅速掌握內容，而學生往往拙於鋪寫論據而造成混亂。本文集中訓練學生邏輯上的順序及掌握一些能清楚交代次序的相關字詞。

3. 因應本文是談論「學校教育」和「家庭教育」，所以順理成章利用「比較法」。

批改正文

 範文

 評語

範文	評語
我覺得學校教育和家庭教育是同樣重要的。	● 開頭確定論點，有助建設全篇文章的方向，亦令讀者即時領受作者的立場；同時予人一種堅定的感覺。
首先，家庭教育和學校教育的先後次序不同。當一個人來到這世上，從牙牙學語直至入學前，他都是受到家庭成員的思想行為所影響，而這	●「首先」一詞予人清楚醒目的感覺，亦是本文提出學生運用交代次序的相關字詞的地方。● 利用「比較法」比較家庭教育

種影響對未成長的小孩是最直接的；入學後，在學校得到老師的指點，同時在與同學的相處之中又得到他在家庭中所不能得到的知識，例如人際關係、如何與別人相處等等。如果這個小孩在家庭中得不到溫暖的話，入學後便不能跟同學和睦相處了。

和學校教育的先後次序不同。

其次，學校教育和家庭教育教育孩子的方式在層次上亦有所不同。通常，小孩在家中所學的往往是父母的「一言堂」，是父母強行要求孩子服從的，例如見到長輩要有怎樣的禮貌等，這是由外強加的；相反，當小孩入學後由於接觸的人的層面相對家庭中為廣，在現實中學會了如何與人相處，並懂得如何應付不同的人，這是孩子從經驗中學到的。所以說，兩者教育孩子的方式有層次上的分別。

● 「其次」一詞是本文提出學生運用交代次序的相關字詞。● 利用「比較法」比較學校教育和家庭教育教育孩子的方式在層次上的不同。

最後，學校教育和家庭教育各自關注學生不同層面的難題。孩子自小時候就接受家庭照顧，從家長的言教、身教中學習，而學習到的大部分是生活上的知識。而功課上的難題，大部分是由學校所兼顧，雖然說家庭也有一定責任，但學術上的知識傳授無疑是以學校教育為主。

● 「最後」一詞是本文提出學生運用交代次序的相關字詞。● 利用「比較法」比較學校教育和家庭教育各自關注學生不同層面的難題。

綜上所述，我認為學校教育和家庭教育是互相配合、相輔相承的。家庭教育較好的人，他在學校接受和吸納知識的程度會相對比家庭教育差的人為好，故兩者是同等重要的。

● 「綜上所述」一詞是本文提出學生運用交代次序的相關字詞。

總評及寫作建議

　　本文利用比較方式分別說明「學校教育」及「家庭教育」兩者的關係及重要性。學生能在首段做到開門見山，提出論點：「學校教育和家庭教育是同樣重要的。」惟過於直接，欠缺修飾，假如能略為加上一些辭彙解釋，就「學校教育」及「家庭教育」加上注腳或定義，則在行文時會更為順暢。每段論據尚算清楚，但論證手法單一，只是反覆運用事例來演繹結果，同學可考慮多些加入史例、語例、事例或具體數據等來支持論點。

老師批改感想

　　寫作議論文須考慮多方面不同的觀點，學生要把各論點清楚表達，加以整理、比較、分析及演繹，最後提出自己的見解及建議。此類要求常見於高中課程的中文科及必修的通識科，故學生應把握機會多加練習。批改學生此類文章時，發現同學的背景知識薄弱，以致論據空泛；思維邏輯緊密不足，使論點的表達欠佳；整體文字風格亦不夠客觀冷靜，令文章的說服力大打折扣。建議學生平常要多留心時事新聞，積累基礎知識，經常從多角度思考，面對問題時才可考慮得較全面。另外，多閱讀報紙社論可以學習作者的思維邏輯及掌握一套客觀性較強的語言表達方式。在教授過程中，學生容易混淆論點、論證及論據之間的關係，教授議論文時應向學生清楚講解。面對學生思考邏輯訓練不足，可考慮加入基本邏輯思維概念，如歸納法、演繹法、比較法等。

青少年濫用藥物問題之我見

年級：中三
作者：張詠琪
批改者：呂斌老師

設題原因

　　學生在今年初學議論文，本題是希望訓練學生就一些問題清楚表達自己的意見，並尋找適當的論據支持自己的論點。

批改重點

　　1. 提出論點的能力。

　　2. 引用論證的運用。

批改重點說明

　　1. 學生可以表示贊成或反對，甚至是部分贊成、部分反對，但是，不管學生選擇哪一立場，立場鮮明是議論文的首要條件。因此，希望學生可以先學習如何清楚地提出論點，表明自己的立場。

　　2. 論證的方法有很多，其中引用論證是較常見的一種，也是學生較容易掌握的。因此，本文以此為批改重點，審查學生是否能掌握這種論證方法。

批改正文

 範文　　　　　　　評語

在現今的社會，我們周圍充斥着各式各樣的藥物。這些藥物可以用來醫治疾病、減輕痛苦，甚至是自我鬆弛、減低壓力。但是，現在卻有不少的青少年，為貪求藥物所帶來的迷幻及興奮效果，在沒有醫護人員指示下，服食一種甚至多種藥物，結果身心都受到嚴重影響。這個問題值得社會各界關注。

● 作者在此提出對問題的關注，但個人取向並不是很清晰。作者可以直接表明個人立場，例如：「我認為，青少年濫用藥物是十分不智的。」

根據政府禁毒處的資料顯示，二零零三年上半年，全港有二千零五十二人因濫用藥物而被捕，其中年齡在二十一歲以下者達百分之三十七。由此可見，青少年濫用藥物的問題已甚為嚴重。

● 引用政府公佈的數據證明問題的嚴重性，具公信力，令人信服。

這些青少年之所以會濫用藥物，其中一個原因是因為受到朋輩的影響

和其他人的唆使。而更重要的是，他們對濫用藥物的害處一知半解。

事實上，濫用藥物對生理及心理的影響都是十分嚴重的。首先，從生理上而言，據醫生表示，濫用藥物會令人的神經系統及身體其他機能受到破壞，對正處於發育時期的青少年影響尤其深遠。例如過量服用咳藥水，不但會導致思想迷糊、記憶力衰退，還會成癮。從新聞報道中，我們也不時發現有青少年因濫用藥物而引致昏迷不醒，甚至禍及下一代。最近便有報道，一名年輕母親因濫用藥物，以致誕下畸形的嬰兒。

另一方面，濫用藥物也會造成心理陰影。有些少女因濫用藥物而被迷姦，結果心理大受創傷，留下一個永不褪色的烙印。這些都是濫用藥物的後果。

● 引用專業人士的意見，也是常見的論證方法之一。不過，這裏作者事先似乎沒有真正查找過資料，所以只能泛泛而談。● 再次引用資料證明自己的觀點。這次引用的是新聞報道的具體事例。引用這種資料時要注意其可信性。

以上所述，充分表明了濫用藥物絕對是不智的行為。青少年要明白正確使用藥物的重要性，多學習新事物，建立積極的人生觀，不要因一時意志消沉而利用藥物麻醉自己。作為青少年的父母，亦要多關懷子女，多與子女溝通，避免子女沾染不良的習慣。

● 結尾重申個人立場。相比開頭，這裏就清晰明確多了。

總評及寫作建議

本文作者能在開頭先提出論點，結尾重申一次。其中結尾的處理比開頭更直接明確，較為可取。

中間三次運用引用論證，包括政府公佈的數據、醫生的專業意見及真實的個案，頗能說明濫用藥物的影響及問題的嚴重性，達到支持個人立場的目的。在運用引用論證時，同學可以事先查找一些資料備用，否則容易流於空談。

染髮上學的學生就是壞學生？

年級：中三
作者：蔡凱玲
批改者：呂斌老師

設題原因

這是學生在學習完議論文單元後的習作，題目由學生自定，學生可以選取個人有興趣的話題，表達個人對該事件的看法。

批改重點

1. 運用議論要素的能力。

2. 論證的條理。

批改重點說明

1. 評核學生能否清楚表明個人對某一事件的觀點，並提出適當論據支持個人立場。

2. 論證時條理清晰亦是議論文成功的一大關鍵，因此，本文以此為批改重點，審查學生的論證是否有條理。

批改正文

 範文　　　　　評語

閒時與朋友一起逛街，常會聽到一些成年人說：「看！那個學生的頭髮染了顏色，這麼愛漂亮的學生一定無心向學，肯定不是甚麼好學生！」對於這些人的說法，我一點也不認同：染髮的學生並不一定是壞學生。

● 明確提出論點，用詞肯定，立場鮮明。

為甚麼這樣說呢？首先，學生染髮只是愛漂亮的表現之一，愛美是無罪的。相信這個世界上沒有人不愛美，我們追求美食、追求美的環境、追求美的家居……既然這樣，學生追求個人外表的美，希望借助染髮讓自己外表變得更漂亮，這有甚麼錯呢？據報道，現今很多國家都准許中學生染髮上學，例如日本的學生就可以隨意染髮。

● 以反問句承接上文，並開啟下文的論證。「首先」一詞清楚表明以下為第一個理據。

其次，學生染髮只是一種外在行為，並不能根據這個行為就判定他們的品性有問題。事實上，許多染髮上學的人並不是壞，他們有許多都是勤奮好學的，對老師和同學都很有禮貌，學習成績也不差。因此，我們絕不能依據個人外表就斷定他是否是好學生。

● 以「其次」引出另一個新的論據。這些標示語的運用，使每個論據都很清晰。

也許有人會認為這些學生染髮上學是故意挑戰校規。我覺得並非如此。他們並不是故意惹是生非。現今許多學校規定學生不准染髮，這是因為學校覺得沒有染髮的同學就是純潔、樸素的。但這觀念並不正確，因為兩者並沒有必然的關係。在現今社會，有哪個階層沒有人染髮？就算是一些最應講究外表端莊的職業，例如老師、政府官員，也都有不少人染髮。既然如此，為何中學生就偏偏不

● 在正面立論之後，加以破論，使論證更嚴密。

准染髮呢？難道對不同的人就可以有不同的標準？

總而言之，染髮上學的學生並不一定就是壞學生，學生染髮只是為了外表的美，與品格並沒有必然的關係。因此，請不要說染髮的學生就是壞學生！

● 重申論點，用詞毫不含糊。

總評及寫作建議

本文先立論，後破論，每一個論據自成一個段落，再加上標示語的運用，使全文的論證條理甚為清晰。

至於作者的論點亦在文章第一段就開宗明義地表明，而且語氣堅定，有效表明個人立場。在文中，作者多次以肯定的語氣重申個人立場及駁斥相反觀點，這一點相當值得讚賞，因為可以令讀者對作者的立場有一明確的印象。這種方式在進行辯論時尤其適用。

老師批改感想

　　學生寫作議論文，除非是一些較冷門的話題，否則多能表達個人的立場。但是，論證的技巧卻往往是差強人意。究其原因，主要有兩點：一是思路紊亂，論證時欠缺條理與層次；二是學識貧乏，對社會事務亦沒有甚麼認識，以致寫作時欠缺論據，只能泛泛而談，說服力不足。事實上，多舉一些生活事例或個人經驗、前人事迹作佐證，甚至是一些名人語例，不但可以加強說服力，更能使文章生色不少。因此，平時宜鼓勵學生多關心時事，若有需要，可在寫作前先要求學生搜尋一些資料備用。至於論證的條理，在學生初學時，可以給一些範文供學生模仿，這有助於學生掌握其中的竅門。

我對死刑的看法

年級：中四
作者：許韻妙
批改者：林廣輝老師

設題原因

　　這是學生小組討論的題目，學生互相交流對有關議題的看法，並結合所學寫作議論文的技巧，總結成文。

批改重點

　　1.論點條理分明，一段一個重心。

　　2.論據得當，具說服力。

批改重點說明

　　1.學生寫作議論文，論點的鋪排容易東拉西扯，以致論點不明顯。要求一段一重心，使文章條理井然，讀者容易掌握。

　　2.學生所持論點，言之成理，並能恰當地表達，令讀者容易接受作者的見解。

批改正文

範文 　　　評語

「死刑」，你害怕嗎？「終身監禁」，你又害怕嗎？難道死刑會比終身監禁更有阻嚇性嗎？

每個社會總會有法律，同樣地，每個地方也總會有人犯罪，不少國家設有死刑，但我絕對認為死刑從現實或理念上都不應存在。

● 表明立場。

第一，誰有權力奪去別人的性命？也許你會說：「謀殺者已擅自奪去了他人性命，我們當然可以奪取他們的性命。」這句話明顯地出現了矛盾。既然誰也不應該殺誰，我們的社會竟明目張膽地處決犯人？所以，我們不應設有死刑。

● 以點列形式表達，條理自能清晰。以反問表達主張死刑者的矛盾之處，論點合理，惜闡述欠深入，感染力減弱。

第二，我們有句話：「殺人填命，天經地義。」假設我殺了你的母親，我讓你再殺了我，我可以補償你失去

● 言之成理，但與上一段一樣，分析未夠深入。

母親的痛苦嗎？絕對不能！而且我死了也不能叫你的母親復活，那麼殺人填命，又有甚麼意義呢？由此可見，死刑是不划算的懲罰方法。

第三，我們設有懲罰，目的主要有兩個，一是阻嚇人們，二是叫犯者知錯改過。試問判了死刑的犯人，還會有改過的機會嗎？聖人也有罪，我們不應抹殺別人改過的機會。因此，死刑不是一個符合懲罰目的的刑罰。

● 從懲罰的目的立論，頗有深度。

至於刑罰的阻嚇性方面，我認為終身監禁比死刑更具效用。

「死了一了百了。」但終身監禁卻不同，罪犯被奪去了終身自由權。假若他不懺悔，滿心怨恨，他將會度日如年、生不如死，這不是比殺了他更痛苦嗎？

● 正面指出監禁比死刑更具效用，從懲罰罪犯的目的出發，所論合理。

另一方面，終身監禁是給懺悔者一個很好的改過自新的機會。監獄中

會安排每天的工作讓犯人生活充實，能對社會作出貢獻。犯者的生存便具意義了。

　　總括來說，終身監禁在四方面比死刑優勝。一、不會違背倫理道德；二、更能為死者作出補償；三、能給予犯者改過機會；四、更具阻嚇力。因此，死刑，應永遠被廢除。

● 總結全文，使論點更清晰，惟第一、二個論點在上文的論述未有清楚說明。

總評及寫作建議

　　學生的分析力其實不弱，反對死刑的論點都符合邏輯，而且頗具深度，文章分項論說所持理由，可使文章更有條理。全文失當處是論述不足，論點鋪陳如蜻蜓點水，未得深入，減弱了文章的說服力。作者可多舉事例支持論點，並且多作解述，則整篇文章的質素必可大大提高。

我對新學制的意見

年級：中四
作者：林書麟
批改者：林廣輝老師

設題原因

學制改革，議論紛紛，學生對此切身議題，極有興趣。是次題目先作小組討論及匯報，然後再進行命題寫作。

批改重點

1. 論點分析論述能否言之成理。

2. 駁論。

批改重點說明

1. 論點合理得當是寫作議論文的基本要求，學生須明確表達論點，合於情理。

2. 嘗試反駁不同立場的論點，以加強本身論點的可信性。學生普遍較少採用駁論，亦未能道出所反駁論點的不當之處。

批改正文

 範文　　　　　　　　 評語

　　各界人士對教育局推行的「三三四」新學制議論紛紛，各自持有不同意見，作為學生的我則對新學制持贊成的立場。新學制摒除舊制的不善之處，而且還大大增加評核的準確性。

● 本段入題，並簡述支持新學制的原因。

　　新的學制中加入通識科作為必修科目之一，目的是提高學生的批判能力、思考能力和理解能力，同時亦鼓勵同學提高自學能力。通識科鼓勵學生從多角度思考，有助同學提高分析能力，判別是非。同時，亦除去人們「死讀書便能得高分數」的錯誤觀念，畢竟讀書的目的不是要學生成為背誦知識的機器。

● 闡述加入通識科的好處。文中道出以往教育制度的弊病，通過比較，突出論點。但作者可加強論述通識科的設立，能滿足現今社會對學生能力的要求，使說服力更強。

　　新學制的評核方法採用水平參照，取消了舊制中的常模參照，同時亦增加考生校內成績所佔的比重。很多國家已採用水平參照，可見其成

● 闡述使用水平參照的好處。惜解述未夠深入，特別是如何協助大學收生及僱主招聘員工，論述不詳。

效。每屆考生的能力不同，使用常模參照的評核方法會造成不公平的現象。採用新的水平參照後，大學容易錄取尖子，同時亦方便僱主聘請有能力的員工。

有些人認為新學制把兩次考試改為一次，部分科目如中文科課程會有較大的變動，老師和學生很難適應。但我認為羅馬也不是一天就能建成的，師生們能夠在新課程中適應過來。既然知道舊學制有不善的地方，就要想辦法改善，墨守成規並不是一個好辦法。

● 本段為駁論，解述新學制的困難可以解決。所持的論點是屬於理念層次，如能舉出具體解決方法則更理想。

新課程的中文科取消考核範文，鼓勵學生主動學習，多閱讀課外書籍，大大增加學生吸收知識的途徑。學生不再需要研習一篇篇已被固定為範文的文章，而是通過多樣化的材料，提高語文能力。新的課程亦能大大提高學生對中文科的興趣，有助提升水平。

● 宜先述新學制整體課程理念的優點，然後再舉出個別科目作為例證。

新學制可令老師、學生有更多的時間準備統一的公開試，老師在教授課程方面的時間限制也較有彈性，大大減低學生因緊湊的課程所帶來的壓力，學生不會因此而減低學習的興趣。

● 兩次考試與一次考試對學生所造成的壓力何者較大，值得深入思考。

總括而言，新學制利多於弊，無論評核方式、教育理念、課程取向，都較舊制優勝。老師得到更充分的時間為學生準備課程，學生對學習的興趣有增無減，大學容易吸納尖子保持競爭力等，都是採納新學制的優點。因此，我贊成新學制的實行。

● 總結全文。

總評及寫作建議

全文平穩紮實，所持論點多能言之成理，部分尚可再進一步舉例論述，則文章內容可更充實，説服力也可提升。運用駁論是一可取做法，惟發揮未夠，作者只述困難經過長期努力終可克服，雖有道理所在，但未必令人信服，可主動提出解難的方向，例如老師的培訓、教統局的支援等等，則整段駁論將更具效果。

老師批改感想

　　議論文是學生較難處理的文體，因為除了涉及學生的寫作能力之外，並需要學生具備一定的分析及邏輯能力，論點表達才可合情合理、有根有據。現時學生疏於思考、不善批判，寫作議論文自然力不從心。要解決這個問題，老師要加強指導，可要求學生在寫作前要多閱讀與議題有關的資料，藉此協助學生建立對議題的看法，並透過分組討論及匯報，豐富認識，創設見解。另一方面，老師可要求議論文中必有駁論，以協助學生從正反兩方面思考議題。

論恆心是成功的重要條件

年級：中五
作者：廖佩儀
批改者：胡嘉碧老師

設題原因

　　這是一篇日常的作文練習，目的是幫助學生重溫中三時已學習的議論文寫作技巧。

批改重點

　　1. 立論方法：借理立論。

　　2. 運用議論要素能力：論據的選用。

批改重點說明

　　1. 學生不善寫議論文的開頭，故以此為批改重點，審視學生能否恰當地提出個人的論點。

　　2. 審視學生能否選取適合的論據，對論點作適當的論證。

批改正文

 範文 評語

荀子曰:「騏驥一躍,不能十步;駑馬十駕,功在不捨。」意思是說,良馬一躍,也不能跳出十步;劣馬駕車十天,也可以走很遠的路程,牠的成就在於不息。因此,成敗的關鍵,就在於能不能持之以恆。

● 借理立論。運用荀子的名言立論,既能確立「恆心是成功的重要條件」的論點,亦能增強說服力。

做事要持有恆心,才有成果。就如栽種花木,必須持續付出時間澆灌打理,花兒才能茁壯成長,結出果子;否則,即使最初怎樣悉心照顧,後來卻不加理會,花兒也會凋謝,果子更結不成。學習又如栽花,是一種積累的功夫,只有鍥而不捨、持之以恆,才能累積豐富的知識,學業有成,因此絕不可「三分鐘熱度」。所謂「不積跬步,無以至千里;不積小流,無以成江海」,就是這個道理。

● 一、運用「比喻論據」說明論點──以栽種花木作喻,說明有恆才有成。表達生動而富說服力;二、運用「道理論據」說明論點──以荀子的名言引證論點。

許多著名的歷史人物，並非天生就是才華卓越，而是因努力堅持、毫不鬆懈而取得成就。國父孫中山先生在武昌起義成功之前雖經多番失敗，但他仍抱着不屈不撓和堅持奮鬥的精神，他的恆心與勇氣，終能推翻腐敗無能的滿清政府，建立民國。同樣地，任何人只要堅持不懈，也必定有成功的一天。國父的榜樣，實在值得我們欣賞和學習。

有恆心的人，不管事情多困難，也會努力完成；沒有恆心的人，不管事情多簡單，也會輕言放棄，完成不了。若要事情做得完滿，就要把恆心當作幫助我們克服困難的好朋友。一個人的成與敗，確實在於恆心，可見恆心是成功的重要條件。

● 運用「事例論據」說明論點——以國父孫中山先生武昌起義的史例，說明恆心是成功的重要條件。

● 總結全文，重申論點。

總評及寫作建議

本文的中心論點明確：成敗的關鍵，在於有恆。作者在首段借用荀子的話確立論點，既增加文章的說服力，也可開門見山，陳明論點，與下文論據扣緊。

在選擇論據方面，亦見適當、合理。作者分別運用「比喻論據」、「道理論據」及「事例論據」說理。文章運用的栽花比喻，具體而生動，深入淺出，有助讀者理解。所運用的「道理論據」——荀子的話，能回應中心論點，使中心論點更牢固確立。而選用孫中山先生的史例，因事迹為人熟悉，能簡明扼要地產生論證的效果。

寫作本題，如能於第二段開首，對「恆心」一詞稍作解說，更有助論點的析述及論據的鋪展。

「友情比親情可貴。」你同意嗎?

年級:中三
作者:陳嘉茵
批改者:胡嘉碧老師

設題原因

學生完成議論文學習單元「論證的方法」,認識如何運用不同的方法,在論證過程申論和證明論點。擬設本題目的,正是讓學生實踐所學,運用適當的論證方法表達個人對事情的看法。

批改重點

1. 運用議論要素的能力:對比論證。

2. 佈局謀篇:議論文的結構安排。

批改重點說明

1. 為了解學生運用議論要素的能力,故以此為批改重點,審查學生能否恰當地運用對比論證的方法證明論點。

2. 學生在佈局謀篇上的處理多未如理想,故以此為批改重點,審查學生能否恰當地編排、組織論點及論據,使文章周密暢達。

批改正文

 範文 　　　評語

範文	評語
「友情比親情可貴。」這句話在很多人心目中都獲得認同，但我卻認為親情比友情可貴。	● 總提。指出我認為「親情比友情可貴」的中心論點。
親情，可說是人生中最重要、最值得珍惜的一種感情。自我們呱呱落地的一刻開始，親情便伴隨着我們成長。它是珍貴、堅定、自然的，也是一種不可磨滅的情感。而友情卻是我們成長之中，才可經歷體會的，自是不及親情可貴。況且人在遭逢危難的時候，大概不少朋友會跑掉，只剩親人留下來。而且親人多會第一時間伸出援手，幫助我們渡過難關。	● 分述。分別闡述親情及友情的特質。兩者的特質可互作比較，顯出相異處，照應中心論點。
甚麼使親人對我們不離不棄？相信連繫着我們的，正是那微妙的血緣關係。	● 層進。以一設問句，推出「血緣」是造成親情比友情更可貴的分論點。

古語有云：「血濃於水。」說明古代的人也知道親情比較重要。血緣關係的存在，使親人之間更為親密。就像兩姊妹吵架後，不一會，她們便能手拖手逛街去；如果她們碰見敵人，更會一起抵抗。若我們要與親人離別，總是會難捨難離的；但如果與朋友分離，當然也許會有點兒捨不得，但關係會隨時間轉淡，不及親情牢固。

我們不難發現在獲得成功之際，也會招朋友忌妒，但只有父母親會給我們最熱烈的掌聲和最真心的祝福。父母兄弟姊妹間的頂嘴，也許不知發生過多少次，但他們仍然會互相原諒寬恕。那只有一個原因──「血濃於水」。父母和兄弟姊妹對你的嚴厲的要求、苦口婆心的叮嚀，掩藏在背後的，全是千千萬萬的關懷與愛護啊！朋友之情仍受許多條件限制，而父母

● 第四、五段：深化。就血緣關係的分論點申述。同時，運用對比論證手法，以親人與朋友兩種關係對照，證明分論點與中心論點，從而肯定「親情比友情可貴」的結論。

之愛、手足之情卻是毫不保留、不求

回報的。所以說「友情比親情可貴」，

我並不認同。

總評及寫作建議

　　本文在佈局謀篇，即組織論點、論據以闡明文題，表達個人意見的方法上，值得借鑒。作者開門見山，第一段即表明立場，以寥寥數語帶起全文。然後在下文各段，再就論點作分述、層進、深化及總結。論證逐層深入，條理暢達分明。

　　此外，本文運用比較論證的手法，以親情與友情互相對照，突出了親情的重要與寶貴，從而加強文章的說服力。

　　寫作本題，亦不妨為親情及友情下一個明確定義，這樣有助論點的析述及論據的鋪展。

老師批改感想

　　學生寫作議論文，往往對題目缺乏透徹及全面的理解，因此文章寫得不好。其次的毛病，就是組織及條理薄弱，即使佈局謀篇的表現較理想者，亦容易在結尾時敷衍幾句了事，未能善始善終。

　　因此，教導學生寫作議論文，除了留意學生運用議論要素（論點、論據、論證）的能力外，亦宜從審題立意以及選材、剪裁、開首結尾、段落層次、過渡銜接等佈局謀篇的能力上給予指導及訓練，不妨鼓勵學生多讀優秀的作品，從中揣摩寫作技巧。而較具體的開首與結尾的寫法、不同結構鋪排的方法，亦可向學生介紹。當然，更重要的是提醒學生多思考、勤練習，這才能寫出好文章。

恆心是成功的基石

年級：中四
作者：梁美玲
批改者：孫錦輝老師

設題原因

此乃學生的作文練習，旨在鞏固其議論能力。

批改重點

1. 運用論據的能力。

2. 運用論證的能力。

批改重點說明

1. 一篇文章的論點再正確，如果沒有充分的論據，論點就必然缺乏説服力，故在此審視作者能否善用論據。

2. 證明論點是正確的，並使人信服，除了要有充足而可靠的論據之外，還要能夠清楚地揭示出論點和論據的邏輯關係，也就是説需要有正確的論證。

批改正文

範文 　　**評語**

《荀子‧勸學篇》中講到：「鍥而不捨，金石可鏤。」意思是只要堅持不捨，有毅力，有恆心，像金石一樣堅硬的東西都可以雕刻。也就是說，想要成功，就一定要有鍥而不捨的精神，要有恆心。

● 起首運用荀子的名言點出論點：「想要成功，就一定要有恆心。」同時，也可視之為理論論據之一。

恆心是成功的基石，可茲作據的歷史事實多如牛毛。我相信大家都聽過「鐵杵磨成針」的故事吧！據說被尊稱為「詩仙」的李白小時候不用功讀書，一天跑去河邊玩，見到一個老婆婆正在磨着一根鐵杵。李白好奇地問老婆婆磨鐵杵幹甚麼，老婆婆回答說要把鐵杵磨成繡花針。李白聽了，就取笑老婆婆。日子一天一天地過去，有一天李白又來到河邊，又碰見磨針的老婆婆，李白這下可呆了，因

● 引用耳熟能詳的典故「鐵杵磨成針」作論據，說服力強。只是稍嫌短話長說，剪裁失度。須知引例太長，容易排擠理論闡述，出現敍述大於議論的現象。● 要避免「長話」沒有壓縮，沒有「加工」造成的弊病，宜注意以下三點：一、不能改變事例的原樣；二、壓縮時，刪去次要情節，突出主題；三、原材料有對話時，要用敍述語言壓縮對話。

為老婆婆手裏拿的不再是鐵杵，而是針了。李白受到啟示，覺得慚愧，從此就發憤讀書，終成了家喻戶曉的大詩人。

故事裏老婆婆憑着堅持不懈的精神，把一根鐵杵磨成了她理想中的繡花針，而且還啟發了李白。如果老婆婆只是隨便説，磨了幾天鐵杵就放棄了，不再繼續，那她肯定得不到想要的針，更不會給李白半點的啟示，讓李白努力讀書。

古希臘的柏拉圖曾説過：「耐心是一切聰明才智的基礎。」這句話説得對極了！其道理與「恆心是成功的基石」一樣，做甚麼事都應具備耐心、恆心，要堅持到底，不可半途而廢，才可成功，聰明人也不例外。我們都知道偉大的發明家愛迪生在發明電燈時為了讓電燈有更長的壽命，他做了

● 引用古代西方聖哲的名言作理論論據，用得恰當，並呼應首段荀子之語。● 運用事實論據，引用愛迪生的發明經驗説明屢敗屢試的可貴。

無數次實驗，雖然經歷無數次失敗，但他並沒因失敗而放棄，而是持之以恆，最終他成功找到了最耐用的鎢絲來做電燈，實現自己的目標。

通向成功的道路是曲折坎坷的，要想通過這條艱辛的路，跨進成功的大門，首要條件就是有恆心。成功就像是生長在長滿荊棘的叢林裏的珍貴而稀有的靈芝，恆心就像你手中閃光鋒利的鐮刀，只有用鐮刀除去擋着你前路的荊棘，你才能採到靈芝；如果你沒有鐮刀開路，那你一定受不住被荊棘刺得皮開肉綻的痛苦而折返，或死在荊棘之途。

在我們身邊經常會發生一些這樣的事，有些人為了達到一些目標，如學吉他、學畫畫、減肥……而為自己定下了許多計劃。開始的時候還是很努力去完成自己的計劃的，但漸漸地

● 作者使用打比方的方式來論證。用具體、淺顯、熟知的事物來闡明抽象、生疏的事理，這是一種形象化的論證方法。

● 末段以日常生活中觸目皆是的事實論據（未能貫徹完成學吉他、畫畫、減肥等諸般計劃），說明持之以恆對於現代人來說仍然是知易行難，故即使老生常談依舊有高舉的需要。

在實現目標的過程中遇上了挫折，便會受不了，選擇半途而廢。這樣不但達成不了目標，而且浪費時間。吉他高懸牆上，畫筆擱在案頭，肥肉依舊纏身，這些都是沒有恆心的結果。要想成功，一定要有恆心。

總評及寫作建議

總的來說，作者基本上達到了運用論據的要求，即：一、相關。所選擇的論據與要證明的論點密切相關；二、確鑿。真實可靠，不是隨意編造；三、充足。運用足夠有說服力的論據來證明論點；四、典型。所選擇的論據雖然是個別的，但是具有很強的代表性，能夠說明問題。

至於論證方面，從論點和論據的聯繫方式來看，作者主要運用直接證明，如例證法（以事實論據作支持，如愛迪生的屢敗屢試）、引證法（以理論論據作支持，如荀子及柏拉圖的名言）及以譬喻為論法（第五段的打比方）；卻未有用上間接證明，如反證法、排除法、歸納法等。一般而言，直接證明多用於立論，間接證明多用於駁論。但這不是絕對的，直接證明和間接證明互相滲透，有着密切的關係，如能在文章寫作中將二者結合運用，必相得益彰。

家長應否容許年幼子女參加「殘酷一叮」？

年級：中四
作者：林婉儀
批改者：孫錦輝老師

設題原因

本文乃作者的自由寫作，題目事後另擬。

批改重點

1. 處理論點的能力。

2. 開頭結尾的能力。

批改重點說明

1. 論點是議論文的靈魂，所以正確處理論點是寫議論文的基本要求。

2. 提出問題（引論／開頭）、分析問題（正論／主體）和解決問題（結論／結尾）是議論文結構的基本原則和程序。下文主要審視文章開頭結尾的處理是否得當。

批改正文

 範文 　　 評語

近來香港掀起了一股「殘酷一叮」的熱潮，這個電視節目吸引了不少參賽者，更意想不到的是，在「試叮」初賽中竟有三分之一的參賽者是年紀低於十二歲的小孩子。有些家長或許會擔憂，這類節目意識不夠正面，而且害怕子女在參賽過程中抵受不住那些冷言冷語而失去了自信心，因此有部分家長反對子女參加這節目。但我卻堅決地認為家長應該讓子女參加。

● 此乃典型的「說明緣由式」開頭，先說明寫作緣由，然後引出問題。作者為了反駁「家長反對子女參加『殘酷一叮』」這論調，所以文章的開頭先說明一下寫本文的緣由，是很有必要的。

我認為孩子們參加「殘酷一叮」，能讓他們有機會發揮所長，同時明白金錢得來不易的道理。某些人認為，參加這種比賽會讓孩子覺得金錢得來容易，甚或形成偏重於金錢的錯誤價值觀。我卻認為，只要家長教導孩子，這次參賽的意義並不在於「金錢」

● 綜觀全文，主旨為「應讓孩子參加『殘酷一叮』」，中心論點為「視比賽作磨煉」，但作者卻不慎摻雜了一個處理欠佳的次要論點：「讓孩子明白金錢得來不易。」● 次要論點只得寥寥數句，欠缺深入的論證過程，闡述得不深不

與「名利」，而是着重在參賽過程中所學到的知識，參賽能讓他們有機會面對羣眾，盡展才能，從而鍛煉膽量，建立自信心。既然有這麼好的一個機會，為甚麼不去爭取呢？

我認為讓孩子參加這個節目，能讓他們學習如何承受挫折。也許有些家長害怕子女會承受不了被「叮」的打擊，我卻認為這並不算是「失敗」。真正的失敗是沒有勇氣去面對挫折。其實失敗並不代表結束，反而當你面對失敗就一蹶不振，這才是真正的結束。人的一生中，誰沒失敗過？「失敗乃是成功之母」，沒有嘗過失敗，又怎能邁向成功呢？現在樂壇有許多歌手，最初在歌壇比賽中也嘗過被「叮」走的滋味，但他們不畏懼失敗，反而學會如何從失敗中站起來，努力開拓自己的事業。難道愛迪生、愛因斯坦

透、不痛不癢，無甚說服力。

● 寫作議論文，有新意的見解不是必要的元素，但若然論點正確、鮮明，便能吸引讀者的目光。作者將一般人視之為無甚教育意義的娛樂節目，賦予別有新意的詮釋，其立論是高明的。

等科學家在發明新事物、發現新理論的嘗試中，就不用面對失敗了嗎？其實他們在驕人的成績背後，也飽受失敗的苦楚。在報章上，常載有關於青少年承受不了學習的壓力或生活的挫折而自尋短見的新聞，這的確讓人擔憂。說出一句「我已盡我所能，所以我無悔」的孔慶翔，不是顯得更能承受失敗的考驗嗎？

再者，讓子女參加這類節目，可以讓他們及早認識社會的「真面目」。雖然在參賽的過程中，被「叮」走後，還要接受主持冷酷無情的批評。但是，身為家長的，應在子女參賽前，與他們說明有「殘酷」的一幕，教導他們如何正面地去面對。現今的社會太虛偽了，表面是華麗而富同情心，但真實的一面卻是冷酷無情。從人生現實出發，任何人要獲取成果，都必

須面對被淘汰出局的考驗。「汰弱留強」正正是社會的真正面目。香港的兒童就像溫室中的花朵，從沒受過風吹雨打，這樣下去，他們怎能在嚴酷的環境中茁壯成長呢？難道家長們打算讓子女一輩子生活在溫室之中嗎？與其這樣下去，倒不如讓他們從小就面對真實的社會。連勝多場的台主莫凱謙小朋友坦言：「現實的世界更殘酷。」他贊成在父母的指引下，及早認識「殘酷世界」。學習如何「橫眉冷對千夫指」正是孩子們必須上的一課。

總括而言，想把孩子從小培養成生活中的強者，那麼讓他們參加「殘酷一叮」，不就是一個好機會嗎？

● 本文的結尾表現差強人意。既用「總括而言」，便應該綜合歸納全文的內容大意，揭示主題，可惜下文不接上理，反而以號召希望式（「那麼讓他們參加『殘酷一叮』，不就是一個好機會嗎？」）作結。

總評及寫作建議

　　有關作者在處理論點上所犯的毛病（詳見第二段的分析），背後成因不外有二：一、對議論文的作文要旨未有深入掌握；二、未能養成認真修改的習慣。據筆者多年觀察所見，學生對文章的修改，多着重複核字體書寫是否正確及遣詞用字是否清楚通達，少有作關乎文章內容的深層檢視。明白作文之道不難，培養良好習慣則不易。

　　至於開頭結尾的處理，作者開頭尚佳，但結尾失準。相信作者本欲作號召希望式結尾，可惜行文一時不察，錯誤地用上了概括總結式的常用語（總括而言），結果使結尾變得非驢非馬。一如上文所述，假若能養成良好的修改文章的習慣，這種毛病該不會發生。

老師批改感想

　　論點分散、不集中是學生寫作議論文的通病之一。一篇不足千字的議論文，中心論點只能是一個，如果同時論述幾個論點，勢必是蜻蜓點水，一個都沒能論透，也就不能給讀者留下鮮明的印象。所以在構思之時，要做足剪裁的功夫，切記貪多必失。下筆之際，不談枝節事，只論最有價值的論點。

挫折是邁向成功的第一步

年級：中三
作者：馬安健
批改者：袁漢基老師

設題原因

教完「比較說理」的單元，故設題讓同學鞏固所學。

批改重點

1. 明確表達論點的能力。

2. 運用比較的手法論證論點。

批改重點說明

1. 議論文須立場鮮明，論點明確，這是先決條件，但同學寫議論文每多立場不定，意思含混，語意不清，故老師於本題以此作重點批改，審視學生是否能以文字申明立場主張，有條不紊地表達論點。

2. 審查學生運用比較手法論證論點的能力。

批改正文

範文 　　評語

「挫折是邁向成功的第一步」，這句話正確嗎？雖然我不知道你們的想法如何，但是我認為這一句話說得沒錯。為甚麼我會這樣說？現在讓我向你們解釋一下吧！

● 文章以疑問句開篇，帶出作者的立場主張，清楚明確，絕不含糊。語調親切，給人自然而非生硬的感覺。

當人們遇上挫折，便可以看到有兩種人，一種是強者，另一種是弱者。強者是指能勇於面對挫折的人，而弱者則是害怕挫折、逃避挫折的一類。當面對挫折，強者總會視之為一種挑戰、一種磨煉，他們不會逃避挫折，反而勇敢面對，這種態度令他們在困境中絕不氣餒，亦不會感到絕望，他們更會在挫折之中加倍努力，從挫折中反思失敗的原因，從而改善自己。所以，每一次的挫折，都為他們帶來一些重要的經驗，讓他們踏上

● 第二、三段提出兩類截然不同的人——強者及弱者，他們以不同的態度及行為反應面對挫折，由此亦令他們在人生的路途上分別得到成功及失敗的結果。同學在此論析詳細，比較鮮明，表達出「挫折是邁向成功的第一步」這個論點的關鍵處在於人們的態度和反應。

一條成功的道路。

　　弱者則與強者相反，他們會視挫折為一種障礙，這種障礙會令他們害怕而不敢面對現實，反而會逃避現實，這種面對挫折的態度會令他們感到哀傷，一味歎息，覺得熬不下去，於是他們便採取放棄的狀態，對任何事情都提不起勁。這樣會令他們愈來愈墮落，最終做甚麼事都失敗。因此，挫折導致失敗，這只是對弱者而言；如果你是強者的話，任何挫折都可以是你成功的基石。

　　因此，「挫折是邁向成功的第一步」這句話是沒錯的。是成功，或是失敗，問題在於你面對挫折時的態度和反應。強者能化腐朽為神奇，弱者根本談不上成功。看完以上的論述，你要做強者還是弱者？對了，不用說，當然是要做一個強者，因為強者

● 重申論點，表明立場，並祝願和鼓勵讀者不懼挫折，邁向成功。這種寫法，增加了文章的親切感和說服力，也強化了主題，對論點的表達頗有幫助。

也是最後的成功者，難道你不想成功
嗎？請不要懼怕挫折，勇敢地跨越，
因為這是邁向成功的第一步。

總評及寫作建議

　　本文結構簡單，立場鮮明，並且運用了對比手法表達
論點，基本上能滿足是次批改重點的要求。此外，同學也運
用了不少疑問句，有些是反問，有些是設問，一方面帶出重
點，另一方面亦能刺激讀者思考，而且問與答之間，仿佛是
朋友間的閑談，這無形中加強了文章的說服力，令讀者更易
接受其中的意見主張，凡此種種都是本文成功的地方。

　　然而，本文雖然立場鮮明，但論點也不是完全無懈可擊
的。就本文的內容看，明顯地，「挫折是邁向成功的第一步」
只是對強者而言是對的；但對弱者而言，「挫折絕非邁向成
功的第一步」，這就影響了論點的「全然性」，雖然同學在
尾段嘗試作補充說明，略有幫助，但始終沒有解決根本問
題，難圓其說。另外，同學通篇就理論層面討論，未有運用
列舉事例、史例等其他手法輔證論述，亦為一大不足之處。

豐裕的物質生活就是最美好的生活嗎？

年級：中四

作者：李松熹

批改者：袁漢基老師

設題原因

一般同學短於議論，亦多忌議論，故趁讀文教學教完議論文，設此題予同學議論的機會及考查其相關的能力。

批改重點

1. 同學能清楚界定論題，提出論點。

2. 同學能運用事例、史例等手法論證。

批改重點說明

1. 議論文要求內容清晰、明確、合邏輯，同學寫議論文往往未有界定清楚論題即開始議論，結果說了半天，還沒中的，而論點當然亦未能好好地表達出來，故本題要求同學能清晰而具體地界定論題，提出論點。

2. 為了避免過於理論化或單調枯燥，本題要求同學能運用事例、史例等手法論證，以加強文章的說服力，表達主題。

批改正文

 範文　　評語

有人說，豐裕的物質生活就是最美好的生活。我不同意這種說法。一般而言，豐裕的物質生活可指人們在衣、食、住、行等各方面所需的物品都很充足，可謂應有盡有。而最美好的生活卻因人而異，是見仁見智的。我認為雖然物質很重要，但人們真的只是滿足於物質的豐裕與否嗎？這就是你的人生嗎？如果一生只為物質而奔波，真是悲哀！

豐裕的生活算得上甚麼快樂？它比親情更可貴嗎？沒有人愛的人，只得與物質共度人生，快樂無人分享，這樣的生活行嗎？我媽媽有一個朋友，他雖然很有錢，物質生活豐富，但他卻不快樂；他生於單親家庭，與母親同居，他母親也知道他得不到快

● 開篇表達自己的立場，界定論題的關鍵字詞，尚算清楚。後面提出疑問，刺激思考，結以感歎句，理性中表現出感性，加強了文章的感染力。

● 第二、三段分別各舉一事例，前者為身邊實例，頗為生活化，容易引起共鳴；後者以社會知名人士作例子，亦具說服力。以上兩例，一方面反證豐裕的物質不能換來美好的生活，另一方面印證親情更可貴，從而否定論題。

樂，只有多給他一些錢，希望他不會終日鬱鬱不歡。他跟我說，雖有豐裕的物質生活，但是他最想要的還未得到，那就是有錢也不能換來的家庭溫暖，他說只想多感受一次，一次已經足夠，他一定會把這感覺留在心裏，但始終未能遂願。這證明豐裕的物質生活也不能補償他心裏的寂寞。

又例如大家認識的房祖名，他父親是國際影星成龍，但成龍不太理會他。房祖名雖然有豐裕的物質生活，但他真的十分滿足嗎？不，成龍不會讚賞自己的兒子，更甚少回家吃飯。記得在某電台聽過房祖名說想與父親吃飯，他只要這樣就滿足。這區區的小事，可能是很多人日常的生活，但他偏偏卻得不到滿足。就此，再一次證明豐裕的生活只是次要的，因為有錢、有充足的物質也並不代表快樂，與其浪費時間去賭馬、賭波，倒不如

留些時間關心親人來得好。

俗語說：寧食開眉粥，莫食愁眉飯。如果豐裕的物質生活就是最美好的生活，為甚麼世界上生活水平最高、物質生活最豐裕的國家偏偏其自殺率是最高的呢？其實在物質以外，自由、友情、親情等，都是美好生活的條件，根本不用太豐裕的物質。

● 本段以語例開始，接以世界情況輔證。最後強調物質以外，人生尚有很多寶貴的東西，豐裕的物質生活根本不可等同於最美好的生活。

總評及寫作建議

就「豐裕的物質生活就是最美好的生活」此一論題，本文持否定的態度。文章在界定論題，提出論點方面尚算清晰。至於手法方面，同學主要運用了事例論證，兩個事例既反證了豐裕的物質生活不等同於最美好的生活，同時印證了親情比物質更可貴的論點，成為否定論題的有力論證。以上都是同學做得比較好的地方。

值得注意的是，同學在本文只運用了列舉事例的手法，且均為反例，故在議論技巧的運用方面略嫌單調，若能適當地輔以史例、設例等，則文章或會更見穩當多姿。至於尾段的語例及指出世界某種特殊情況，似乎發揮均未充足，比如後者其實可列出真實的統計數字作印證，以加強文章的說服力，表達中心論點。

老師批改感想

　　同學擇題為文，多忌議論，亦短於議論，往往做成惡性循環。要寫出好的議論文，首先要多見多聞，開拓視野思維，同時要慎思明辨，提出的意見需情理兼備，亦要具獨到的見解。而具體的工作是了解及掌握論點、論據和論證，並且最起碼要懂得恰當地運用舉例及數據論證法等基本技巧以論證論題，表達論點。寫議論文並不容易，同學可多細察梁啟超先生的議論文，如〈最苦與最樂〉、〈敬業與樂業〉等，其中的界說及建構手法、多元化的議論技巧都是值得我們參考的。

論電視廣告對青少年的影響

年級：中四
作者：蒲嘉欣
批改者：郭兆輝老師

設題原因

　　配合學校德育及公民教育小組舉辦「傳媒教育週」的徵文比賽，以「論電視廣告對青少年的影響」為寫作題目，讓學生反思電視廣告對他們的影響。

批改重點

1. 論點明確。
2. 運用例證法。

批改重點說明

1. 文章的中心論點不一定只談電視廣告對青少年的不良影響，也可談論它給青少年正面的影響，但立場要清晰。

2. 舉出恰當的例子證明電視廣告對青少年的影響。

批改正文

 範文 　　評語

　　香港有着發展完善的傳播媒介，生產商為了增加產品銷量，會不惜耗費大量成本拍攝電視廣告，希望藉助這個接觸大眾最廣泛的媒介，增加產品的知名度，從而達到推銷的效果。然而，這些廣為人知的電視廣告，又會給青少年帶來甚麼影響呢？

　　一段精彩的電視廣告，會以短短幾十秒時間，配以誇張生動的推銷技巧去推銷產品，務求以最低的成本，換取最高的效益。由此，會為青少年帶來趣味，加深印象，甚至成為青少年「另類」的茶餘飯後話題。這樣，青少年就不會與社會脫節，就能追上潮流新趨勢。

● 欠缺例子證明電視廣告怎樣令青少年追上潮流新趨勢。

　　然而，近年廣播事務管理局收到不少有關電視廣告的投訴，如「鑽

● 沒詳細說明例證怎樣令觀眾感到不安，並未充分說明它怎樣

鑽鑽」的手提電話轉月費廣告，就被指令觀眾感到不安而遭禁播。平心而論，青少年心智未成熟，易被外界利誘。而廣告商為求達到目的，不惜誇大造作，甚至廣告意識不良也在所不計。這樣，青少年在耳濡目染下，沾染了不良的習慣，如說粗言穢語、粗鄙的俚語，或是做些挑逗性動作等。這些意識不良的廣告在不知不覺間影響着青少年的價值觀，如多年前一個手錶廣告中的說話——「不在乎天長地久，只在乎曾經擁有」，就正正是改變了人們對愛情的看法。這不就是一個活生生的例子嗎？由此可見，廣告的意識實不容忽視。

再者，青少年崇拜偶像之心愈趨熱熾，廣告商就利用這種獨特的心理現象，聘請偶像拍廣告，不少青少年就會「一窩蜂」地盲目購買該產品。如果青少年沒有正確的理財觀念，就

● 影響青少年的心智。

● 欠缺具體例子說明意識不良的廣告容易令青少年沾染不良的習慣。● 舉例恰當，說明意識不良的廣告影響青少年的價值觀。

● 欠缺具體例子說明青少年盲目購買偶像拍攝的宣傳廣告的產品。

會因崇尚物質而浪費大量金錢，加重
家庭負擔之餘，也令他們沉迷於物慾
享受，影響了他們的價值觀。

總而言之，凡事皆有利弊，青少
年需獨立思考，學會分辨是非，培養
正確的價值觀。當面對不同的電視廣
告，應學會取其長，捨其短，而非盲
目地、欠缺理性地追求物慾，或是隨
隨便便跟隨電視廣告上的俗語習慣，
破壞我們純潔的心靈。

● 論點明確，立場清晰。

總評及寫作建議

學生在第二、三、四段都舉出例子說明電視廣告對青少
年的影響，也在末段清楚說明他們要怎樣面對電視廣告的影
響。但大部分例證都不夠具體，也沒詳細說明廣告怎樣影響
青少年的行為和思想，這都減弱了文章的說服力。此外，文
章論述廣告對青少年的正面影響不夠清晰；廣告令青少年追
上潮流也不一定是好，他們可能會為追趕潮流而大量花費金
錢。老師可於寫作前給學生來個小辯論，讓學生了解電視廣
告的正面及反面影響。在講解議論文的論證方法時，要仔細
說明所舉例子與論點的關係，使學生能夠掌握舉例論證的寫
作技巧。

你是否同意在日常生活中應用電腦利多於弊？

年級：中五
作者：呂嘉寶
批改者：郭兆輝老師

設題原因

　　電腦在現代社會的應用非常廣泛，它一方面提升了人們生活的質素，另一方面也帶來不少的社會問題。故此，以電腦在日常生活中應用的利弊擬題，讓學生反思應用電腦的正確態度。

批改重點

　　1. 正反對比。

　　2. 層次分明。

批改重點說明

　　1. 文章的中心論點應從正反兩方面說明，從而歸納出日常生活中應用電腦的利弊情況。

　　2. 先說明日常生活中廣泛應用電腦的情況，繼而從正反兩面舉例說明電腦對日常生活的影響，最後歸納論點。做到立場明確，層次分明。

批改正文

 範文 　　 評語

在日常生活中應用電腦，我認為是利弊參半。

● 開門見山，立場明確。

在這二十一世紀的新時代，差不多每個家庭都擁有一部電腦。它的功用愈來愈廣泛，甚至融合到我們的日常生活之中，但它亦為我們帶來一些問題、影響和改變。

● 由電腦在日常生活中被廣泛應用的情況，帶入討論應用電腦的利弊，過渡自然。惟沒舉例說明日常生活應用電腦的廣泛情況。

現在很多年輕人都擁有自己的電腦，學校亦建有多個電腦室，他們接觸電腦的機會愈來愈多。而在日常生活中，很多百貨公司建立了自己的網站，讓我們可以在網上購物，從而節省往百貨公司選購的時間，為不少住在繁囂的城市的人帶來方便。在電腦被廣泛應用後，就有公司推出一些網路呼叫器和網絡遊戲，只需下載或購買他們的程式，便可在網上和世界

● 以購物、娛樂和聯絡為例，從正面說明電腦對日常生活的幫助。

各地的朋友聯絡和聊天；而視像電話
或檔案傳送，也大大擴闊了我們的交
友圈子。此外，一些網上娛樂費用低
廉，只需少量金錢便可在網上暢遊各
遊戲的伺服器，對一些愛好玩遊戲機
的年輕人來說，是十分受惠的。

　　很多公司會利用電腦作資料輸
入或文書處理，除了可以完整地輸入
資料外，還方便查找，只需簡單的操
作便可快速準確地找出資料，省時方
便。一些住宅更裝置智能保安系統和
感應系統，只需把所需資料輸入電
腦，往後一張卡或一個遙控器便可控
制全屋的電器；而智能保安系統也可
以有效地防止盜竊或火災的發生。

　　但另一方面，電腦也產生知識產
權的問題，如「點對點」的非法下載
問題非常嚴重，引起政府關注，已開
始打擊。因為非法下載可不費一分一

● 以文書處理、資料記錄和家居安全方便為例，從正面說明電腦對日常生活的幫助。

● 第五、六兩段從反面舉例說明應用電腦對日常生活的影響，與第三、四兩段形成鮮明對比。

毫便拿取別人的歌曲或電影，而這些
歌曲或電影的製作需花費大量資金，
不法之徒就這樣免費拿取，對製作公
司或創作人極不公平。如果再這樣下
去，整個世界便沒有人再肯拿錢來製
作音樂和拍攝電影了。

現時有些年輕人的確濫用電腦，
整天留在家中對着電腦，只透過電腦
與人溝通，缺少與人面對面的交流，
自我封閉，削弱了人際關係。此外，
電腦沒有電源便無法開動，如果一些
住宅裝上智能系統操作的門鎖，便無
法開啟，造成不便。而公司的電腦若
遭破壞，儲存的資料便可能毀諸一
旦，後果嚴重。

● 本段回應第三、四兩段有關應用電腦的好處，也同時存在危機，帶出了每樣事物都有其利弊的道理，強化了第一段提出的論點。

總的來說，在生活中廣泛利用電
腦是好壞參半。

● 末段歸納論點，與第一段首尾呼應，層次分明。

總評及寫作建議

學生在第一段即開門見山，表明明確的立場，繼而在第三、四段舉出正面例子說明應用電腦對日常生活的幫助；接着第五、六段提出反面的例證，說明電腦對日常生活的影響，做到鮮明的正反對比；末段歸納論點，與首段呼應。整篇文章立論清晰，條理分明。倘舉出電腦對學習的幫助及青少年沉迷電腦遊戲、上網而弄得身心俱疲，甚或生命不保等例證，內容會更充實和更有說服力。

老師批改感想

　　意見平庸、例證不足、內容空洞，可以說是學生寫作議論文時的通病。這反映學生的思慮不周，對日常生活的關注不足，或是對身邊事物欠缺敏銳的觸覺，以致累積的生活經驗或知識不夠豐富。當要援引生活事例時，便顯得力不從心。補救的方法是非要改變學生的閱讀態度不可，要讓學生知道無論閱讀文字或吸收影音媒體信息，只了解表面的意思並不足夠，還要進一步明白為甚麼及怎麼樣，知識就在不知不覺間積累起來。此外，學生在寫作時，先要正確理解論題，再對論題定下明確的立場；然後從正反兩面舉出具體例證，最後歸納論點。文章自然條理分明，論點清晰。學生再能舉出日常生活事例為證，文章就更有說服力。

論毅力

年級：中七
作者：丘惠菁
批改者：陳月平老師

設題原因

通過練習議論文，訓練思考，從而能分析事理的得失，繼而作出使人信服的結論。

批改重點

1. 論據的取材要來自生活經驗或較著名的事例、語例。

2. 論據的表達手法：如分論法、正反立論等說理手法。

批改重點說明

1. 運用生活化的例子或故事作說明，見解具親切感，表達較自然流暢，所以要求學生在文章中運用的論據材料要有這類型的資料。

2. 表達手法能使說理具說服力，因此運用對比或正反面的論述手法、分論法皆能使文章條理井然。

批改正文

 範文 評語

很多人認為毅力是成功的必備因素之一。好像逼在眉睫的香港高級程度會考，要成功渡過這個難關，就需要我們持之以恆，日復一日的溫習。但這個考試，只是我們數十年人生中一個小小的測試，在更長遠的未來，有更大的難關需要跨過，有遠在天邊的夢想需要我們去追逐和實現，只要我們稍有鬆懈，美好的未來可能就會離你而去。

● 立論鮮明，提出毅力是成功的必備因素。意見明確。

毅力不單是成功的因素，更是人生中不可缺乏的。我認為世界上人人都擁有毅力，只不過是程度上有所差別，或者是使用在錯誤的地方。

● 態度明確地指出毅力是凡人皆有的。

有一些人，他們做事，每每只是持一曝十寒或言行不一的態度。心裏想着要怎麼怎麼做，可是每當要實行

● 回應第二段所提出的看法：毅力是人人都擁有的，差別只是不能持久。● 繼而得出毅力若不能持久

的時候，就因為懶惰而不能成事，就算是再完美的計劃，也會付諸流水。

另一些人則把毅力放在無謂的地方，好像很多香港的年輕人，沉迷於網上遊戲，每天為此花上十數小時，期間不吃不喝，甚至數日不眠不休。試想想，要持續數天不間斷地去做同一件事，所需要的精神是多麼的驚人啊！可惜，這種毅力用錯了地方，他們不會得到甜美的果實，只是浪費金錢、時間，甚至是失去寶貴的生命！

更有些人，像愚公。愚公移山或許代表着毅力，不過在另一個角度看，愚公移山，簡直是不知變通！只是為了開通一條方便的道路，耗費眾多的人力，強要移開兩座大山。這樣做不但浪費氣力，還破壞自然環境，造成不可彌補的結果。其實只要移居

的結果。● 第三至五段是建基於文章的第二段，作者運用了分論法作議論，條理井然。

● 回應第二段，不恰當地運用毅力是徒勞無功的。● 舉例生活化，有親切感。取材恰當。

他處便可以解決問題，何必固執地要移開眼前的山呢？世間萬事的解決方法並不止一種吧！有些事情，我們根本沒有能力去達成，若沒有察覺個人才能的局限，縱使有清晰的目標，用無比的毅力向它邁進又如何？礙於固執的偏見，結果可能要到在生命終結前才發覺自己是一事無成的，原來一輩子的時間都白白浪費掉了。

人若要學習愚公的毅力，最好先清楚理解自己的能力，量力而為。了解自己的興趣為何，然後立定目標，努力向目標邁進，這樣，毅力才能用得其所，發揮它應有的作用，不然只會成為真正的「愚公」。

● 毅力要配合其他因素才能成功，回應文章的首句。

總評及寫作建議

本文行文簡潔而流暢，分析細緻。在論據方面，作者能做到取材恰當，如舉出現實生活的例子——上網，又能引用寓言——愚公移山，且賦予新的看法，論據具說服力，因此結論顯得順理成章，使人信服。

議論文要求論點明確，作者的態度不能模棱兩可，且要求論據充足。本文通過具體的例子論述個人的見解，結論合理而不落俗套。惟本文所提及的論據皆屬反面論點，若能稍提相關的正面論點，對「毅力」的闡述會更為全面。

談壓力

年級：中七
作者：王韻婷
批改者：陳月平老師

設題原因

這次選題屬於自由題，然而希望學生選擇較切身的問題作討論，通過議論是非得失，繼而作出個人的判斷。

批改重點

1. 論據要求以個人生活的經驗或援引事實為主，表達手法要有如比喻法、對比法等的應用。

2. 個人的意見分析。

批改重點說明

1. 學生以個人經驗或事實為例證，寫來既親切又具說服力。表達手法如比喻法、對比法等皆是常用的論證手法，故要求學生必須掌握，選用兩種應用於文中。

2. 希望學生能多發揮個人的意見，不能只因襲別人的看法。

批改正文

 範文 　　評語

　　壓力可說是與生俱來的，無人能夠逃避。正如地球的地心吸力也是壓力的一種，然而它使我們能腳踏實地，不會無立足之力。這種情況正如人生路上必會遇上壓力，因此，我們需要學懂怎樣從壓力之中釋放自己，生活才會更快樂。

● 下筆即扣緊題目：說明壓力的正面意義。● 比喻說明，將壓力生動化。

　　人必須在壓力中成長。打從三歲時入學開始，面對新的環境和書本知識，壓力已經侵入生活了。當我們漸漸長大，更不能逃避的是讀書、考試等壓力，還有人際關係，以至家庭方面的壓力也隨之而增加。每一個階段的入學考試，令壓力只會愈來愈沉重。但是，有壓力才有進步，有競爭才能更上一層樓，這是事實！現實生活是絕不容許我們逃避壓力，消極的逃避只會使問題更糟糕，因為你愈逃

● 通過個人的經驗說明遇到壓力是人生必然的事情。● 連續運用兩個對比手法，說明壓力的積極意義。

避，壓力愈是會緊隨不放。人必須面對壓力，才有機會成長，繼而迎接下一場挑戰。或者說，人生的經驗是從壓力中換取回來的。

面對壓力絕不容易，但若然選擇了面對它、克服它，就先要為自己定下一套適當的減壓良方，這樣才可從壓力中找出快樂，從而轉化成前進的推動力，使自己有決心和勇氣去克服壓力帶來的恐懼。

● 直接提出面對壓力的方法。表達直截了當。

壓力正如空氣一樣，是在你的周遭，只在於你怎樣看待和處理它。有人承受不住壓力，便輕言傷害甚至放棄自己的性命，這都是不智的！如果遇到壓力就輕言生死，那麼，香港的生活壓力那麼重，豈不是很多人排着隊輕生嗎？當然不會吧！最重要的是在於個人方面的情緒控制，多點從壓力之中享受生活，人生才會活得更從容自在。

● 以比喻說明壓力是無所不在的。● 設問句的運用。

當你正在為工作苦惱或抱怨時，為甚麼不稍作休息，聆聽舒暢的樂曲。那麼即使面對繁重的工作，你的心境也會寧靜下來，壓力也自然被趕走了。有研究指出，甜的食物能使人快樂，煩惱、焦慮也能減輕。處於壓力下的人，不妨購買一些糖果放在抽屜中，當心情煩躁時，這些看似微不足道的糖果就會發揮很大的效用呢！其實，壓力只是一種心理的問題，只要樂觀面對，壓力便會由惡魔化身成天使！要減退壓力，不必大費周章，只需抱着凡事盡力而為和從容面對結果就可以了。

● 正面論述面對壓力的方法：分為精神和物質兩方面。● 具體的例證。

換一個角度來看，壓力也可以是生活的一種磨煉。一件工作，有壓力便有推動力，驅使你更認真去面對，面對失敗的衝擊，你只會盡力去做，而不會輕言放棄。不要看輕壓力的威

● 正面論述壓力的積極意義。

力，它的耐力永遠比你強，比你自身
的堅毅還要堅韌，壓力在你面前是從
不認輸的。所以，不要和壓力搏鬥，
你要從壓力中磨煉出一個更堅強的自
己，這樣就能面對人生的種種壓力和
挑戰。

如果一生都輕鬆自在，沒有壓
力，沒有競爭比拼，我們可能會逐漸變
得頹廢，甚至懶散，這樣的人生不是很
乏味嗎？所以說，生活有苦才有樂！

● 從反面論述沒有壓力下的生活情況。
● 反問句的運用強調「苦」即壓力，是「樂」的創造者。

總評及寫作建議

作者在文中的論點明確，態度鮮明。在論據方面，取材既有具親切感的生活化例子，亦有援引具可信性的科學研究，是具體的例證，惜作者沒有較明確寫出這研究的名稱或機構，流於空泛。表達手法的運用多元化，其中以比喻法——把壓力喻為地心吸力和空氣，使說理變得生動。

本文的內容層次分明，作者直接提出自己的意見，接着提出個人的見解——面對壓力的方法，包括精神和物質兩方面，繼而通過論據，總結出生活的「樂」是源於「苦」（即壓力）的。

老師批改感想

　　議論文並非記個人的所見所聞，而是要對事理作出思考和分析，從而作出合理的結論。一般而言，議論文要具備三個要素：明確的論點、態度，不能模棱兩可；具體而說服力強的論據；最後是合理而使人信服的結論。結論是建基於充實的論據上，所以論據的取材和表達手法是十分重要的。取材以事例為主，如史實、時事、具科學性的研究或統計，以至個人的經驗皆可；手法如正反立論、比喻法等的運用，皆可提高說理的效果。

有人說：「貧窮是一種罪惡。」你同意嗎？試先為「貧窮」及「罪惡」下定義，用駁斥、類比等手法，說明你的看法

年級：中四
作者：樊康發
批改者：陳傳德老師

設題原因

同學不太會駁斥及類比等議論手法，也不會為題目的概念下定義，這是校內試題目，想藉此測試同學的相關能力。

批改重點

1. 能歸納論點，逐一駁斥和把對方論點類比，顯得對方不合理。

2. 為「貧窮」及「罪惡」下定義。

批改重點說明

1. 同學不太會駁斥其他論點，指明要用駁論手法，可加強這方面的訓練。

2. 同學常忘記為題目下定義，所以要包括在題目中，培養成一種習慣。

批改正文

範文	評語

貧窮的定義是缺乏錢財，生活拮据困乏；罪惡則是指做一些非法的事情及一些違背良心的行為。錯只是一些過失，罪比起錯嚴重很多；「惡」則指惡行，人人得而誅之的壞行為。世上沒有人希望貧窮，我認為貧窮不是一種罪惡。

● 一開始開門見山，講出了自己的立場，表明貧窮與罪惡無關。然後為貧窮及罪惡下了定義。

貧窮根本和罪惡拉不上關係，說「貧窮是一種罪惡」的人，常持的理據不外兩種：一、窮人所以窮全因為好吃懶做，所以貧窮有罪，特別是那些需要社會接濟的人，根本與「寄生蟲」無異，不事生產，只會攫取他人的成果。二、從電視及電影中，常有窮人因為受不了窮苦而作奸犯科的情節，所以貧窮即是罪。

● 說明了貧窮和罪惡給人扯在一起的原因。

可是「有頭髮誰想做禿子」，一個人貧窮的原因很多，可能是產業轉型，以致丟了工作；可能是身心有病或年老，才失去了工作能力；又可能投資失利致使傾家蕩產。窮並不一定因為好吃懶做，如果能有選擇，我相信大家都寧願有一份工作，總比領取「綜援」好，正所謂「施比受更有福」，誰願意貧窮呢？貧窮的人大都是逼不得已的，所以我認為貧窮不是一種罪，正如一個人如果不幸遇到交通意外，我們也不會認為他犯了自殺罪一樣。

至於窮人易犯惡行就更不能成立。窮人不一定危害社會，相反窮人對社會的好處更大，因為他們有改善生活的壓力。香港不少富豪年輕時不都是一貧二白的嗎？就像香港首富李嘉誠先生，他是含着金鎖匙出世的

● 再用設問法及用語例事例證明，加強說服力。用了設例，去證明沒人願意貧窮，再用遇到意外不是自殺的類比論證，說明貧窮不是罪。

● 這段指出，很多時候窮更是逼人向上的動力，用了名人李嘉誠作例子，證明窮人也會有大成就。

嗎？他以前身無長物，也沒有犯罪。李嘉誠先生白手興家，有今時今日的成就實屬他個人的努力和以往窮困的經歷造就的。所以説，貧窮並非代表一切，也不是一種罪惡，而是邁向成功的磨煉。貧窮提供了一個最佳的磨煉環境，所謂「吃得苦中苦，方為人上人」，有了貧窮，才會有「人上人」的出現。貧窮絕不是一種罪惡，相反是一劑補藥，協助不少人走向成功。

　　反觀生活富裕的人，他們沒有磨煉的環境，只會依靠富裕的家境，以為不用努力也能得到温飽，不用努力也能有所成就，最終成為「二世祖」。就像秦朝的第二位皇帝，他因為其父皇統一了天下，便終日尋歡作樂，不理朝政，不知民生疾苦，結果國家動盪不安，生靈塗炭。我相信與其説貧窮是罪，不如説富有是罪惡才更貼切。

● 這段借秦二世的例子指出富貴使人貪婪，少歷練，這才是真正的罪惡。

窮的人應該站起來！不要再相信貧窮是一種罪惡的謊話。窮人別小看自己，只要肯付出努力，便會和貧窮「說再見」。看看世界上的名人，他們之中不少人出身並非富裕，卻能有驕人成就。貧窮的人就如一條熟睡的龍，只要努力，他日必定飛黃騰達。

● 最後總結立場，鼓舞窮人。

總評及寫作建議

文章一開始定義清楚，再歸納出人們認為貧窮是罪惡的兩大原因，然後逐一反駁。作者指出貧窮多非自願，而在不自控的情況下做了壞事都不算犯法的原則下，清楚證明了貧窮不是罪惡的原因。

全文推理清楚，文句長短有致，多用四字詞，而且用了較少同學使用的史例，也是一個不錯的嘗試。不過，類比的地方仍太少，可增多一點，會使立場更清楚，更切合題目的要求。

有人說：「現在的女生比男生優秀。」你同意嗎？試用點列法及引用數據和事例來證明你的看法

年級：中四
作者：黃贊康
批改者：陳傳德老師

設題原因

同學寫議論文時不會運用議論手法，時有前後立場不一的情況，所以設題考驗他們。

批改重點

1. 掌握議論手法，活用點列法、引用數據和舉例。

2. 立場要前後一致。

批改重點說明

1. 同學的議論手法比較單調，所以要他們同時運用三種手法。

2. 文首要先表明立場，最後立場要前後一貫，不可有矛盾。

批改正文

 範文 評語

有人說現在的女生比男生優秀，我十分贊同這個說法，因為這不只在香港發生，而是全世界的趨勢，一個普遍的現象，一個絕不奇怪的情況，一個有科學證據的事實。

● 先講明自己十分贊同題目，而且運用排比，很有氣勢。

第一，多樣數據顯示，現在女生比男生優秀。由本港大學教育資助委員會資助的八所大學，學生總數都是女多於男，除科大、城大外，其餘六所大學均陰盛陽衰。現在報章又常有家長埋怨英文中學收女生太多的報道，一些著名的英中，男女生比例更出現有百分之三十比百分之七十的情況。上述數據都證明了女生成績比男生優秀的事實。個中原因，是由於男女腦部結構不同，女生語言能力一般較男生好，考試又常要用語言文字表

● 作者主要援引了「大學生多是女生」及「英中女多男少」這兩種數據，兩個例子都能清楚證明女生的智力比男生好。

達，所以女生考試的表現自然比男生
佳。我們的社會又以考試成績、學歷
判別人才高下，女生又怎會不顯得比
男生優秀？

第二，一般來說，男生較女生好
動。在球場所見，男生一定比女生
多，男性追求力量，自然四肢發達，
頭腦簡單，我也不例外。女生則多留
在家中看書，追求智慧。因此談到用
腦，男生怎麼能跟女生相比？女生腦
筋動得多，工多自然藝熟，像賣油翁
一樣，熟能生巧，女生多思想、多理
解，自然比男生聰明，智力比男生優
秀。腦筋靈活不是比四肢發達好嗎？

第三，香港雖然是一個先進的
城市，但有些地方也很保守。香港不
少家庭重男輕女，還記得小時候，媽
媽說如果我不是男性，可能會把我棄
在河邊呢！我家中三姐弟，姐姐總是

● 作者引用日常生活
現象作例子，指出了
男生都愛運動，而女
生則愛看書，用了工
多藝熟作類比，指出
兩性的不同，使女生
比男生優秀。

● 作者用自己母親的
話語作例，說明社會
有重男輕女的情況，
而由於困難和挫折是
女比男多，所以女生
的磨煉比男生多，造
就了女生解難能力比
男生好的情況。

備受冷待。不過，女生如姐姐也因為
凡事要自己料理，自己照顧自己，而
變得穩重成熟，懂得自力更生，不
會倚賴別人，所謂「生於憂患，死於
安樂」。女生平時面對的經歷多、挫
折多，但是收穫就更多。透過不斷嘗
試，主動解決問題，女生的解難能
力，自然比男生優秀。

　　總括來說，男人跟女人實在是差
天共地，沒法相提並論。如果男生的
生理、性格及社會的風俗一日不變，
男生在可見的將來是沒法改變命運的。

● 結論用「沒法相提並論」等字眼，強化了立場。

總評及寫作建議

　　這篇文章使用點列法，把三個女生比男生具優勢的地方清楚指出，而且怕説服力不足，作了解釋，使説服力更強。

　　作者引用的數據，都是常見且人人皆知的，但卻十分有説服力，因為香港的學位分配，以考試成績作指標，大學女生比男生多，英中女生比男生多，在在證明了女生的智力比男生優秀。

　　而作者總結時，怕讀者看不清全文結構，作了一小提示，使全文脈絡分明，一方面使文章的脈絡清晰，同時，也教讀者了解作者行文時結構的縝密。

老師批改感想

　　批改議論文時，我發現同學普遍存在三個毛病。

　　第一，就是同學不舉例，縱然大家都明白舉例是不可缺少的「指定動作」。這顯示了很多同學都沒有看報紙和留心時事的習慣。同學應多閱讀報紙及時事雜誌，而且看的時候不宜太草率，要認真記一下。

　　第二，就是同學舉的例子不普遍，所舉事例中的主角往往寂寂無聞，令讀者的親切感及共鳴大打折扣。同學應多看一下名人傳記，充實自己。

　　第三，就是同學思路不清，往往不能做到每段皆旨意明確。寫議論文時，宜先講論點，再給證據，就可以幫助讀者消化了。

麥當勞食品不健康

年級：中五
作者：麥美欣
批改者：彭志全老師

設題原因

最近對不健康食品有多方面的報道，遂着學生搜集有關資料寫一篇議論文。某生選了麥當勞快餐食品為題材，筆者認為甚有意思，故取之加以評改。

批改重點

1. 思考力。

2. 論證。（例證、因果和正反立論）

批改重點說明

1. 議論文不可缺少的元素是作者的邏輯思考能力，故以思考力作為其中一個批改重點。

2. 要把論據有機地排列，使之有力地支持論點，論證的方法尤其重要。本文就以例證、因果和正反立論作為批改重點。

批改正文

 範文　　評語

無論男女老幼，都喜歡到麥當勞進食，它的食品不但價格便宜，而且大多入口鬆脆，令人回味無窮，故此麥當勞在世界各地的人們心中已佔一席位。但我認為麥當勞的食品不健康，香港人並不適宜進食太多。

● 首段先敍述麥當勞快餐店吸引人的特點。以一轉折詞「但」，道出自己並不同意這種看法，並且申明自己的論點：麥當勞的食品並不健康。

人們惠顧麥當勞，通常是因為「貪方便」。食品不消數分鐘便出現在眼前，又可隨時買回家吃，或在街上進食等等。經專家研究，導致美國人暴肥或過胖的原因，就是吃太多經過油炸的食品，引致心臟血管閉塞，還會令體內的脂肪積聚。由此可見，麥當勞的食品並不健康，例如會令我們的身體發胖。

● 此段開首即說明麥當勞的食品，因其方便，故為人們所喜愛。但據專家分析，它的食品會導致健康出現問題，以正反立論談食品的不健康。

　　營養師還指出，那些含碳水化合物的食品，例如馬鈴薯，經油炸後會產生致癌物質，對人體有害，如長期進食這些食品，必會損害我們身體的機能。那些食品最近還被發現含有基因改造的材料，雖然還未證實基因改造食物會對人體有害，但畢竟進食這些食品是不健康的。

　●　進一步引用營養師的言論，指出長期食用不健康的食品，會損害人們的身體機能。

　　在麥當勞食品成為快餐食品主流之一的香港，現在的兒童肥胖問題日益嚴重，皆因他們喜歡吃油膩的食物，又不做運動，以致身體內的脂肪積聚過多，阻礙身體機能的發展。由此再進一步證明，它不是我們的健康食品。

　●　以因果論證香港兒童肥胖問題嚴重，與麥當勞快餐食品是主流關係密切。究其原因，是多吃油膩食物、少做運動所造成的。

　　綜合以上種種意見，雖然麥當勞食品在市面非常流行，但如果我們對食物加以選擇的話，便可避免不健康的麥當勞食品影響我們的身體了。

　●　流行食品與健康剛好背道而馳，作者提到要善加選擇，避免把不健康的食物吃進體內。

總評及寫作建議

　　「病從口入，禍從口出」，現代人所熱愛的快餐文化——麥當勞快餐店，往往與健康背道而馳。作者先就麥當勞受人們歡迎起題，進行思考，繼而列舉這個飲食文化的種種危害健康的例證，反思人們要謹慎地選擇食物，注重健康。全文緊扣論點，引用專家言論加以論證，警惕世人注意，在暢快地品嘗麥當勞食品時，想想其禍害有多少，再通過因果論證，使文章結構嚴謹，意思明確。至於不足之處，是在引述專家言論時，假如可以列明出處，多引數據加以支持，使之引起人們更深刻的反省，就足以成為警世之文了。

吸煙的害處

年級：中四
作者：鄭嘉晴
批改者：彭志全老師

設題原因

最近談得較熾熱的話題之一，莫過於政府應否立例於食肆、餐廳全面禁煙，故以「吸煙的害處」為題，訓練學生掌握議論能力。

批改重點

1. 論點。

2. 論據。（數據和事例）

批改重點說明

1. 論點乃作者主張之重心，故審查學生緊扣論點的能力。

2. 議論文的論據部分，是文章有力地說服讀者的關鍵所在，善於運用不同的論據材料尤為重要，故以這種能力作為審核重點。

批改正文

在二十一世紀的今天，吸煙已成為一種很普通的行為，但「煙民」又有否想過吸煙的害處呢？

吸煙會影響我們的外表。例如，吸煙會使我們的牙齒、指甲變黃，這是非常影響個人的儀容的。試問，吸煙者真的一點也不在乎別人對自己的眼光嗎？我想，這未必如此吧。曾在理髮時，那理髮員靠近我，一股難聞的煙味從他的口腔溢出，我立即提醒他注意，他一臉不好意思的表情並連聲賠不是，說自己已吃口香糖，希望消除煙味，可是怎也除不掉。

此外，吸煙使人容易患上肺癌、心臟病和支氣管炎等多種疾病，這是醫學界普遍公認的事實。吸煙對身體可謂百害而無一利，若因此而賠上性

● 論點部分，以疑問句引入對吸煙害處的辨析，確立吸煙是有害的論點。

● 論點一：先指出吸煙影響我們的外表。
● 舉事例證明，吸煙使人外表不佳，並從自己的親身經歷，加強了吸煙給人印象不好的說服力。

● 論點二：引醫學界的報告，指出吸煙危害健康，以一反問句讓讀者思考，吸煙確是危害健康，是很不值得繼續的行為。

命，這值得嗎？

可能吸煙者會認為，吸煙就算有害，也只是傷害自己，不會影響別人。其實，這想法是錯誤的，因為不吸煙的人吸了「二手煙」，危害也很大。不吸煙的人吸了過量的「二手煙」，中風的機會比吸煙的人高出兩倍！再者，吸煙者還會影響下一代，如孕婦長期吸「二手煙」，會較易小產，或者所產下的嬰兒，體重會較輕之餘，成長過程中也較容易染病。可見，吸煙是非常自私的行為。所以，吸煙的人在吸煙前，請先為別人着想。基於這個原因，政府規定在禁煙區吸煙，最高的罰款是五千元。另外，政府即將立例於公共食肆和餐廳、酒樓全面禁煙，這對吸煙者來說可能是件挺難受的事，但對普遍市民來講，這卻是大好消息呀！

● 進一步糾正一般人以往錯誤的觀念，指出吸煙除影響自己的健康外，更嚴重影響他人健康。作者透過政府立例管制的措施，再次申明吸煙的害處。

吸煙還有很多害處，真是數之不盡。既浪費金錢，又危害健康，還影響別人，使人望而生厭。所以我們不應自私，應為身邊的人設想，建立一個無煙的新世代。

● 總結一段，重申吸煙是有害的這一個論點，並作前後呼應，使文章更見完整。

總評及寫作建議

許多時候，是非黑白是很難判別清楚的，不過，「吸煙」這個話題，卻是黑白分明的。吸煙，可以說是有百害而無一利的行為，所以單就題目來說，這是很容易掌握的文題。正因如此，也往往使人產生錯覺，以為容易掌握就等如容易寫得好，這倒不是如此。要簡潔易明，言之有物，又能使人深表認同，殊非易事。這裏，作者就吸煙的害處，提出了最為人所注意的兩點：外觀與健康，並舉出事例、數據和常理逐一分析，陳述吸煙的種種弊端，可說是深刻而明白，是一篇結構完整的議論文。至於美中不足的地方，在於第三段引述醫學報告部分，作者於此段，假如能列舉詳細的資料，對於讀者來說，會有較強的感染力，效果自必更好。

老師批改感想

　　所選的兩篇議論文，無獨有偶都是有關「進食」的，二者論點都是持負面角度。學生議論時，通常論點比較清晰，不過在引用論據和論證過程中，就相當考驗作者的功力。兩文的文字都甚簡潔，利用的論據和使用的論證方法雖然不多，但都能達到簡潔易明、論述清晰、結構井然，讓人留有一定的反思空間。議論文往往使人望而卻步，但能掌握基本的寫作技巧與原則，其實是很容易把「任務」完成的。

應否立法規定子女供養父母？

年級：中四
作者：劉文根
批改者：楊雅茵老師

設題原因

　　隨着社會的發展和西方自由風氣的影響，中國傳統提倡的孝道已少有人論及，部分家庭的子女長大後不但與父母關係疏離，甚至不願供養父母。有見及此，特以此為題目，一方面可測試學生議論方面的技巧，另一方面亦可讓學生反省「孝」的真義。

批改重點

　　1. 佈局謀篇。

　　2. 論證。

批改重點說明

　　1. 議論最重要的是令讀者認同自己的觀點，要達到這個目的，文章的佈局謀篇是非常重要的。所謂佈局謀篇，就是指怎樣鋪排、設計文章的內容，若鋪排、設計恰當，必令文章的說服力大增，故以此為批改重點。

　　2. 要令文章富說服力，論證的過程是文章的關鍵，故以此為批改重點。

批改正文

範文 　　評語

　　現今社會繁盛，人民生活水平提高，社會上自然出現了大量的年老人口。在這個情況下，政府的支出也相應增加。為了減輕政府開支，因而有人提出立法規定子女須供養父母的建議。

● 作者描述概況，提出論題。

　　從中國傳統方面來看，孝為人之根本，應是發自內心的，而且中國傳統強調孝道，子女長大後，供養父母是必然的事，也是其責任。中國人有句話──「百行以孝為先」，身為子女的，供養父母是天經地義的。假若要強逼或立法規定才願意奉獻金錢，這不是有違孝之本意嗎？

● 作者先從中國傳統方面論證，提出孝之本意應發自內心，認為立法沒有意思，因而反對論題，論述富力量。

　　此外，我認為子女若無心供養父母，即使政府立法，他們也必定千方百計逃避責任，有關當局執行法例時

● 作者提出，立法後會有執行的困難，正面提出立法的不當。接着從反面入手，深入論述題目，提出強

必大有困難。而且我認為立法規定子女須供養父母，不但不能幫助那些長者，反而會衍生其他社會問題。因為有些人本不願意供養父母，一心把責任交給政府，政府現在又把責任推回給他們。這些人一早已把父母之情忘掉了，他們也許會以一些無情的手段對待自己的父母，「虐老」問題只會更嚴重。若是立法規定這些人供養自己的父母，豈不是把這些長者推到地獄去嗎？對於不念父母恩情的人，政府立法只會適得其反。另外，近年香港老人自殺率不斷上升，據悉多是由於他們感到抑鬱和不快樂所致。由此可知，長者需要的是家人的關心，立法規定子女供養父母根本不能解決問題。

制立法會衍生其他社會問題。作者論述時提出「虐老」的例子，說明立法只會適得其反，論述具體明確。

　　支持政府立法的人普遍認為此舉可減輕政府負擔，有助紓緩赤字。的確，若立法規定子女供養父母，政府

● 作者從更深的層次，提出支持者的論點，並加以駁斥，提出人的價值高於一切，令人信服。

可以減輕不少財政壓力，但若因此導致「虐老」問題，增加老人自殺數目的話，這又值得嗎？須知道人較金錢還重要啊！

其實，與其規定子女供養父母，政府不如多提倡孝道的重要，從人心、根本及教育着手，若人人都知孝順的重要，供養父母是天經地義的，試問還需要立法規定子女供養父母嗎？

● 提出政府應從根本入手，才能解決問題。

我堅決相信立法規定子女供養父母這政策是不行的。政府也不應常常以法律來限制市民的自由，這可能會產生意想不到的其他問題，甚至會令原來的問題惡化。

● 最後再次強調自己的立場，總結全文，說服力強。

總評及寫作建議

　　本文為一篇說服力強的議論文，作者於首段提出論題，先從傳統思想考慮，認為中國之孝道應發自內心，任何非出自真心的孝順行為都是沒有意思的。之後層層深入，提出立法後執行必大有困難，因為不念父母恩情的人必會盡力逃避責任。後再分析立法之弊，強行立法只會令「虐老」問題惡化，甚或令老人自殺數字增加。作者提出治本方為上策，即必須教育市民「孝」的重要，最後重申立場。論述時層層深入，亦見作者寫作的着力安排。此外，作者在論證過程中，不但從正反兩面論述，也運用例證證明，論證時亦能對支持者加以駁斥，令文章論述富有條理之餘，也富說服力。

父母生育子女應有選擇性別的權利嗎？

年級：中四
作者：何建光
批改者：楊雅茵老師

設題原因

　　隨着科技的進步及發達，社會出現了不少的改變，特別是基因方面的研究，對社會造成了不少的衝擊。故以此為題，一方面測試學生寫作議論文的能力，另一方面使學生反思科技的價值及意義。

批改重點

　　1. 書面表述。（包括：語法、修辭、標點、遣詞造句等）

　　2. 論點。

批改重點說明

　　1. 學生寫作議論文時，往往只看重議論三要素而忽略書面表達的重要性。誠然，議論文是否寫得出色有賴論點、論證及論據是否有力，但能運用適當的語句表達，不但能增加文章的可讀性，而且能增加文章的說服力，故不可輕視。

　　2. 議論文是否寫得出色，論點是否令人信服是很重要的，故以此為批改重點。

批改正文

範文

評語

隨着科技的發展，很多從前不可能發生的事也發生了。今天科學技術竟先進得可以讓父母生育子女時，擁有選擇子女性別的權利，究竟是不是一件好事呢？父母生育子女又應否有選擇性別的權利呢？

● 作者先利用反問句，引起讀者的思考，卻不提自己的看法，令讀者產生閱讀的興趣及好奇心。

首先，從道德上看，隨自己的意願選擇兒女的性別，那豈不是代替了神的位置？若今天我們容許父母有選擇子女性別的權利，將來又會否容許父母改變子女的性別？這種讓步是永無止境的，結果只會衍生出各種各樣的社會問題。人畢竟只是人，絕不應該干預自然的定律。

● 作者先從道德標準出發，提出人類無權干預自然的規律。

此外，讓父母選擇子女性別是非常危險的，因為要選擇子女的性別，無可避免會涉及胚胎的基因改變，

● 作者從後遺症論述此種做法的危險，論點清楚有力。此外，作者一連運用了數個

誰能保證這基因的改變沒有任何後遺症？誰能保證不會生出一個畸形的小朋友？若真的生出這麼一個孩子，作為父母的會接受他嗎？就算父母接受，孩子出生後受盡別人的奇異目光，父母又忍心嗎？即使生育過程順利，孩子能健健康康地成長，也不代表沒有問題存在。

反問句，引起讀者反思。

另外，這做法會令男女比例失衡。中國有兩句話，分別是「弄璋之喜」及「弄瓦之喜」。璋，即美玉，「弄璋之喜」是用來恭喜人家生了男孩；而「弄瓦之喜」是用來恭喜別人誕下女孩。一個是美玉，一個是瓦塊，由此可知中國人對男孩的重視。若給予父母們選擇兒女性別的權利，中國人豈不只剩下男性？

● 作者分析此舉會令男女比例失衡。作者先從中國的情況談起，提出中國傳統重男輕女，若父母有權選擇子女性別，最終只會剩下男性，論點富力量。此外，文中「弄瓦」確是指生女孩，惟「瓦」卻不是「瓦塊」的意思。所謂「瓦」，實是指「紡錘」，是古人給女孩玩的物件，意思是希望女孩長大成人後可以做女紅的工作，此為學生的誤解。

重男輕女的觀念不只存在於中國，也存在於不少國家，更何況其他沒有重男輕女觀念的國家，男女比例失衡的現象仍是會出現。眾所周知，男孩比女孩力氣大，為提高國家的勞動力，當然是生男孩比女孩好。若人們為了提高國家勞動力，只選擇生男孩，則世上大部分人口是男性，女性只佔一小部分，人口比例必然會失衡；新誕下的孩子以男性為主，那生育率必然大幅下降，到時人類豈不是會滅亡？

● 作者再從生產力着眼，說明即使沒有重男輕女的觀念，男女比例仍會失衡。同時以兩次運用「必然」一詞，加強語氣，再以反問句引人反思。

事實上，生男孩和女孩又有何分別呢？他們一樣是父母們的孩子，同樣會孝順父母的啊！由上天決定子女性別的規律，我們何苦破壞它呢？

● 作者提出生男孩和生女孩根本毫無分別，並再次運用反問句提出問題，令讀者加以思考。

總括來說，讓父母生育子女有選擇性別的權利，只會造成各種問題，子女的性別還是由上天安排吧！

總評及寫作建議

　　本文是一篇富條理的議論文，作者論述論題時，提出了此舉有違道德、會出現後遺症、男女比例失衡及男女都是自己骨肉等四個論點論述文章，論點有力之餘，亦令人信服。此外，作者論述時多次刻意的運用反問句式，一來可以吸引讀者注意，二來可引起讀者反思。例如提及此舉會引起後遺症時，提出：「誰能保證這基因的改變沒有任何後遺症？誰能保證不會生出一個畸形的小朋友？若真的生出這麼一個孩子，作為父母的會接受他嗎？就算父母接受，孩子出生後受盡別人的奇異目光，父母又忍心嗎？」等四句反問句，不但增加文章的可讀性，亦令文章更有說服力。最後，作者有意識地運用「必然」一詞，令讀者感到作者的堅定語氣及立場。

　　本文文筆雖見沙石，惟論點清楚，書面表達亦見用心，整體來說，仍不失為一篇富說服力的議論文。

老師批改感想

　　學生寫作議論文一般並不出色，究其原因，不外三點，第一，學生所舉的論點往往欠缺說服力，以致立場欠缺支持，內容每每不攻自破；第二，學生論述能力較弱，多不懂得運用例證說理，亦未能對反對意見加以有力的駁斥，以致內容空洞，說服力弱；第三，學生寫作時每每忽略文章的佈局安排，以致文章東拉西扯，毫無條理，當然不易令人認同。針對以上三點，老師可從小處入手。例如老師可先着學生運用不同的手法寫作議論文的首段及結段，因為議論文的首、結段是文章的重要組成部分，若寫得好，文章自然會事半功倍。當學生能寫出富說服力的首、結段後，老師可讓學生根據議題，分組寫出正反論點（書寫時，老師可提醒學生先寫最有力的論點），之後再就有關論點提出駁論，透過學生的討論、練習，相信能有助學生理清寫作的頭緒。寫作文章時，老師宜提醒學生先擬定大綱，有意

識地寫作，而不是「心到手到」。其實，要寫作出色的文章，絕不是一朝一夕的事，老師及學生要有耐心，此外，老師不妨提醒學生多寫、多練、多看，相信對學生的寫作能力大有裨益。

我對減肥、纖體的看法

年級：中四
作者：翁瑞苓
批改者：詹益光老師

設題原因

　　本題為社會上熱門的話題，但一般中四學生不易處理得好。這反映出學生在蒐集材料，並加以鋪排鎔鑄的能力有待加強。本篇正讓學生嘗試自行蒐集、整理資料，進而寫成一篇條理明晰的文章。

批改重點

　　1. 蒐集充足的材料，整理論點，清晰地說明事理的能力。

　　2. 在說明事理上利用多種論說技巧的能力。

批改重點說明

　　1. 審查學生能否提出較為豐富的論據，來支持個人的論點。

　　2. 審查學生合理鋪排論點的能力。

批改正文

 範文

評語

近年來香港的纖體公司數量不斷增加，四周都是纖體公司的分店，相關的宣傳單張到處也可看到、撿到。減肥熱潮和纖體瘦身的大趨勢，正反映出香港人過於肥胖的現象。根據專家調查所得，六成半的香港人都有過胖問題，而過胖是造成種種疾病的重要原因。因此，減肥瘦身對香港人來說，是十分重要的。導致肥胖的原因有多種，以科學的觀點而言，身體所吸取的熱量高於消耗的熱量，便會導致肥胖。另外，遺傳、環境及心理因素對身體也有一定的影響。

● 首段提出中心論點，指出肥胖的害處及成因，揭示下文論述的方向。

香港人工作壓力較大，運動卻太少。有些人因基礎代謝較低，運動不足，消耗熱量也同樣不足了，長期累積的結果，身體就會肥胖起來。在

● 第二、三段談工作壓力、運動量、飲食習慣及中老年婦女的生理變化與肥胖的關係，三者湊成一段，可理解為生理方面的

飲食習慣方面，青年人暴飲暴食的情況時有所聞，又特別喜歡吃零食，這會令身體攝取過多的熱量，體重自然增加。年齡漸長，也會令脂肪比率提升，導致肥胖。

而中老年婦女由於停經造成內分泌功能紊亂，情緒及精神易起變化，進而引致內分泌失調，肥胖便如影隨形一般出現。

心理因素也可導致肥胖，壓力是人人都有的，特別是生活在節奏急促的香港。因發洩憤怒、悲傷及空虛等情緒而不正常地暴飲暴食，就很容易引起貪食症。此類肥胖者較不容易控制自己進食的情緒，也就較難減輕或維持體重。

以上種種因素，令肥胖的機會增加，而肥胖的問題也漸漸浮現。肥胖會導致心臟病、高血壓，而脂肪積聚

因素。作者如能明確道出此一原則，立論可更為鮮明。

● 這段談心理因素，較之前段是簡略了點，不過作者能分成不同的論點加以論證，效果是良好的。

● 這段開始談肥胖帶來的疾病和不良影響，舉出多項例子為依據，提高了說服力。

於氣管還會引起睡眠窒息等病症，生命也會受到威脅。甲狀腺功能低下、高胰島素血症、下視丘症候羣等疾病與肥胖都有或多或少的關係。醫學專家警告，超胖兒童不但心理上問題多多，長大後無論男女，都會因為過胖而影響生理特徵，輕者性能力低下，嚴重者會導致不育。

肥胖不是一天造成的，也不是單一原因造成的。肥胖的成因複雜，甚至有些不是常理可以解釋的。有些肥胖例子並不單是飲食問題，更牽涉到疾病、內分泌等因素，所以減肥應徵詢醫生的意見，以達到維持健康的目的。

● 末段總結全文，並簡單地以減肥的方法作結，可以引導有興趣的讀者繼續深究下去，使本文更具意義。

總評及寫作建議

　　這篇文章先談肥胖的成因，再談肥胖的害處，歸結出減肥的重要。在談成因時，分成生理與心理兩方面來論述，做到綱舉目張，清晰明白。在鋪排論據時，運用了舉例、引用數據、分項論述等手法，都值得讚賞。從內容看，作者應曾閱讀不少相關的資料，故無論舉例還是說理，都有根有據，客觀有力。

　　議論文以提出並論證觀點為目的，文章須有破有立，本文在樹立論點方面是成功的，如能從反方或側面入手，談談減肥不當、不肯減肥的害處，都有助於論據的加強。

　　然而，最理想的做法應是在課前給予適當的指導，讓每篇作文都同樣出色，批改功夫自然可以省卻不少了。

談一條最不合時宜的校規

年級：中四
作者：翁瑞苓
批改者：詹益光老師

設題原因

　　這是一篇議論文練習。題目重點設在「最不合時宜的校規」，是要學生通過熟悉、關心的題材，培養運用說理方法與鋪排論據的能力。

批改重點

　　1. 運用多種說理技巧的能力。

　　2. 鋪排論據的能力。

批改重點說明

　　1. 審查學生能否運用開宗明義或層層深入的手法來說理。

　　2. 審查學生說理時，能否注意鋪排論據，提升說服力。

批改正文

 範文 　　評語

「不合時宜」的意思並不代表「不對」、「不合理」，而是「不符合」現代社會發展，跟時代、潮流脫節。相對而言，「合時宜」則是指符合現代社會發展，跟時代、潮流、趨勢聯繫着。

同學們想想給領袖生、老師等記名的經驗，只因他們違反了校規。像我校的同學，誰沒有看清楚校規？可不是每個人都能遵守，因為有些校規並不合時宜。我校有幾十年歷史，校規在創校初期已定下，雖然不斷被修改，但在二十一世紀的今天，始終會有些規條與時代脫節。在我校的校規中，第十五條——「學生在星期六、學生假期、學校活動日及公開試前回學校，均須穿着整齊校服」——是十分不合時宜的一條。這條校規的爭議

● 開門見山為文題下定義，點明「不合時宜」之義。但作者沒有說出哪條校規不合時宜，卻留在下文寫出，行文便稍欠明快。

● 起筆以事例引導讀者（同學）思考被記名時不情不願的心情。● 接着引用學生會的統計數字，運用了數據說明技巧，是比較有力的論據。但是要注意這數字和例證只能說明同學的意願，實際上兩者只能算作一項論據，就是同學不願意遵守這條校規。

性很大，也是同學最不滿的規條，但校方卻不同意取消它。近年學生進行了不少調查，發現近八成半的學生都反對這一條。有些同學在作文課上寫「學校是我家」這類題目時，除了表達對學校的感情以外，總不忘建議取消這一條。由此看來，從同學的角度看，這一條校規是多麼不受歡迎了。

如果取消這一條，可以讓同學在假日穿便服回校，同學們活動的自由度提高，回學校的興趣也會同樣提高，也就可以增加對學校的歸屬感。此外，他們也會更樂意回校補課或者參加樂器班或其他訓練班，這有助提高學校整體學習及課外活動成績。我校附近的中學，如喇沙書院、瑪利諾中學等，早就取消了非上課日回校要穿校服的規條，我們為甚麼一定要堅持下去？

● 談不穿校服回校的好處，提到對學生、對學校都有好處，這點比較客觀，可惜沒有數據支持。而且各種「好處」都說得比較表面，沒有將道理點明。接着通過事例，用他校來比較本校，說服力也較強。

不少校規的訂定，對學生和學校都會帶來一定的好處。例如有關「注意公共衛生」的一條，能提高同學環境保護意識，也能維護學校的聲譽；又如有關「小心保管個人財物」的一條，可以為同學帶來財物的保障；這些都是值得保留的校規。但第十五條，只為我們帶來不便，也讓我們被人家嘲笑，實在想不出對學校、對同學有甚麼益處！因此，同學們一致認為，「假期回校須穿整齊校服」這一條是最不合時宜的校規。

取消這條校規，同學們在非上課日回校可以別上胸章，或者帶備學生證讓校工檢查，不就可以避免閒雜人等混進學校的問題嗎？因此，實在不值得為了保安理由而堅持不肯取消這條落伍的校規。

● 舉出其他校規值得保留的原因，對比第十五條不值得保留的理由，技巧也屬於比較說明。但從鋪排來說，前面兩段是從正面論證該條校規應該取消，這段則從反面印證其他校規值得保留，正反兼具，也加強了說服力。

● 第五段好像是附加的一筆，指出校方不肯取消那條校規的理由，並提出解決的方法。建議是合理的，也有說服力。

總評及寫作建議

本題應為學生熟悉的題材，但是一般學生的觀點總是從感性的、個人中心的角度來論說。本篇則能從同學的意願、鄰近學校的比較、其他校規的比較、校方的顧慮等多方面論證，眼界比較廣闊。

題目中「時宜」一詞意味着校規的時代性，本篇起筆為「不合時宜」，下定義時也特別指出「時」的重要，可是全文卻沒有就此作出討論。所謂「時宜」，具體來說是甚麼？似乎第三段談不穿校服的好處正要點出怎樣才是合乎時宜，但作者走筆至此似乎有點迷失，因此語焉不詳。最後一段是從校方的角度去思考並作出反駁的，也應是全文的中心論點之一，放在第三段之後比較好。

好的議論文要抓住問題的中心，並合理地鋪排論據。如果我們先談同學的看法，再談校方的憂慮，第三步談取消該條校規的好處，最後拿鄰校的措施作比較，讀者是不是比較容易理解？此外，行文方面是通順明快的，如果能流露一點人情味，也許更能動人。

老師批改感想

有朋友說想減輕作文評改的功夫，應從寫作教學入手。這條議論題目應該說是相當熱門的話題，但是由於課前沒有規定學生先準備充足的材料，以致不少文章寫來內容單調，論證乏力。在批改時要指出學生所陳論據的不足，又或某些論據缺乏說服力，批改工作變得加倍沉重。

有些議論題目所涉範圍雖然是學生熟悉的，但是仍有不少學生未能做到條分縷析，又或者未能把論據分類鋪陳，批改時逐一指正，工作十分瑣細。為了提高批改的效率，在草草閱覽部分學生習作後，筆者會製作量表，臚列同學寫作時的一般毛病，在批閱時只勾選相關問題，把量表夾附於已批改的作文後發給學生，學生可以知道個人問題所在，老師亦可減省不必要的謄寫功夫。當然，作文完成後給予一定的稱讚，並指出可改善的地方是必不可少的。

香港學生與香港政治

年級：中六
作者：陳健桃
批改者：劉添球老師

設題原因

近年來的政治訴求大遊行中，香港青少年參與日多。然而，從「中學生眼中的二零零四十大新聞選舉」，卻反映青少年視野依然狹窄。香港青少年冷漠於政治的原因是甚麼？成年人又怎樣看青少年的政治參與？這都是文章需要探索的。作為預科生，距離成為選民的日子不遠，更加要認真探討其中的道理。

批改重點

1. 文章所表達的觀察力。
2. 論點與論據的配合。

批改重點說明

1. 觀察力決定了議論文的大部分成敗。文章找到了好的題材嗎？能在平凡的事物裏找出可堪議論的地方嗎？能在眾人無視的現實中發掘真理嗎？現在的學生傾向於接受表象，鮮有深思背後的意義，而觀察力包括觸覺、視野與思考能力，怎會不是議論文的重要部分！

2. 議論文必須有論點，這仿如記敍文之有事、抒情文之有情。有了論點後便須陳列依據，否則便流於虛浮而無根。這種論點與論據的關係，決定了議論文說服能力的高低，也鍛煉了同學的邏輯思維，學懂言談必須有根有據的思考模式。

批改正文

範文 　　評語

一直以來，香港學生對政治是冷漠的，由「中學生眼中的二零零四十大新聞選舉」中可以看出香港青少年眼界淺窄，視線只集中在軟性新聞或與自己相關的事物上，對政治所知甚少。造成以上現象的原因並不單是學生個人的問題，香港的教育政策及家庭教育也責無旁貸。

● 開門見山，用很具代表性的新聞選舉道出香港青少年的政治冷漠。同時，也直接指出背後原因，很能做到論點先行的效果。

當中，香港教育政策對學生影響最深。學校是塑造意識形態的地方，對學生有莫大的影響力。開埠初期，香港奉行殖民地教育，並不鼓勵香港

● 在兩項重要原因中，先述其大者。追本溯源，香港的殖民地教育政策決定了教育的主流面貌。

人作甚麼中國文化傳承；淡化港人政治思想，是避免政治衝突的最好方法。

然而，辛亥革命前後，中國的政治及社會出現了巨大變化，民族主義抬頭令香港政府不得不在教育政策上作出一些改變。尤其是一九二五年「五卅慘案」掀起的「省港大罷工」，使殖民政府體會到華人民族主義的興起，不得不放鬆了教育控制。

● 民族意識的洪流令殖民地政府一度放鬆了教育控制。

逮至二十世紀七十年代，香港政府對教育的干預仍少，本地私校林立，不同政治立場的學校仍可保有生存空間，政府並沒有絕對支配的地位。不過，隨着免費強逼教育的實施，七十年代以後教育「公立化」，政府干預日大，對教育的支配也漸強。

● 免費強逼教育須投入大量資源；用了錢，政府自然希望教育形態走政府的路線，教育支配隨之出現。

當政府操控了學校的資源命脈，要化解殖民統治在香港的認受危機便有了方向，其中一項政策是只着重

● 「填鴨式」教育成為主要模式。課堂上不談政治的禁制似隱似現，培養了香港只

「填鴨式」的學科教育，而不培養學生的獨立與批判思維。教育當局更明令老師不得與學生討論政治課題。如此教育制度，又怎能培養學生的政治興趣呢！

教育政策自然影響了家長的取向。家長只希望子女考到好成績，將來找一份穩定工作，而絕不鼓勵子女接觸政治。八十年代以前，政府成功地把香港定位為經濟城市，令市民只想着如何致富，民族認同與政治參與完全沒有空間。

在這形勢下，學生自然不重視政治，一方面因為社會缺乏政治議題，另一方面既然整個社會只希望他們讀好書，然後找一份好工作，他們又何苦去涉足政治呢？

有一些年輕人甚至對政治嗤之以鼻，認為政治乃無聊的東西，人生在

● 重成績和出路，不理政治的文化。

● 上有所「不好」者，下必有甚焉。政府設定的路線成功地把一般市民變成政治的絕緣體。

● 正反立論。不參與政治的第一個論據：人生苦短，應及時行樂。價值觀的分歧其

世只數十寒暑，理應盡情享樂；與其談政治，不如把酒言歡，世上有太多美好的事物給人追求，那有閒情談政治。

實最具爭論性，這段大可寫得更深入一點。

再加上，人們認為涉及政治的事，自有政府官員處理。這些人高薪厚職，理應為市民解決問題，普通市民實在毋須接觸政治，更何況區區學生呢？

● 不參與政治的第二個論據：升斗市民關注政治是越俎代庖。

然而事實真的如此嗎？政治乃眾人之事，政府政策最終還是影響我們，若我們對政治不聞不問，到政府漠視民情或施政失誤時，我們還可以投訴嗎？在這個年代，人已不能夠獨善其身。

● 提出相反論據。就理念與不參與政治的結果提出人不能逃避政治。

政府政策、教育制度、社會風氣都是導致香港學生對政治冷漠的原因。然而，自八十年代香港回歸問題擺上議事桌，政府即開放政制，市民參與政治的機會多了。從「七一大遊

● 政治氣候的變化令殖民政府改變了策略。解釋了為甚麼愈來愈多青少年參與遊行。然而，距離成熟參與的日子尚遠，這呼應了首段交代的現象。

行」所見，部分年輕人其實已開始關注政治，但那是一段很漫長的路，距離成熟尚有很遠的距離。

在全球一體化下，個人主義已不合時宜。社會競爭愈來愈大，為免落後於人，必須提高競爭力，而了解社會及國際形勢也是必須的。學生不應該只活在象牙塔裏，而須以人文關懷為出發點，貼近社會脈搏、加強社會認知，才能認識政治。

● 結語道出個人主義是青少年不理政治的原因。然而，為了緊扣殖民地教育的缺陷，宜在文章中段說明「填鴨式」教育如何助長個人主義。

總評及寫作建議

文章脈絡清晰、分段細緻，有明確的論點和充實的論據，展示了議論文的應有架構。從內容看，文章的說明部分比議論部分多，讀者可以清楚掌握香港的教育流變，明白教育制度怎樣影響人心，寫出了整個社會的價值取向。相對來說，文章可以加強論辯部分，以牽動讀者腦海中來回往復的設論思維。就像蘇洵的〈六國論〉，他在文章裏不正是展露了高超的設論能力嗎！

雞論

年級：中六
作者：魏詩韻
批改者：劉添球老師

設題原因

　　議論文中有怪論一項，大抵走正論以外、嬉笑怒罵的路線。這類文章在選材、立論、鋪陳、引申上皆別具一格，務求另出樞機，達到聳人聽聞、發人深省的效果。同學在傳統議論文已累積經驗，不妨一試這類重創意、明是非、厚批判的文章。

批改重點

　　1. 文章的立意與創意。

　　2. 論點的鋪陳與激盪。

批改重點說明

　　1. 正論以外的議論文最重立意與創意，能否在平凡中看出不平凡、能否在舉世滔滔之中振聾發聵，要看作者的視野與識見。現在的教育提倡通識，文章不妨縱橫恣肆，想人之不會想，道人所不會道。

　　2. 雖非正論，但文章仍須有論點、論據，若能作正反設論，不同意見互相激盪，議論文的意味才能濃厚。其實讀者

閱覽時思維隨文字而轉，攻守壁壘，推敲反覆，是很有趣的事。同學在鋪陳正反論點時，已作了一次思考鍛煉，這無疑已是一種得着。

批改正文

 範文　　　　評語

範文	評語
雞與人的關係很密切，但你認識雞嗎？	● 以詰問方式開展文章，暗示一般人並不認識雞。
拿起詞典，翻着、翻着，找到與「雞」字相關的詞語，有「雞犬不寧」、「雞毛蒜皮」、「雞飛蛋打」等等，都是貶多褒少。為甚麼雞給人的印象，總是負面的呢？	● 採用定義法，指出一直以來雞給人的負面印象。
小學時，老師教我們中國版圖，都會說：「看，中國地形多像一隻雞！」這不禁令人覺得中國與雞，必定有很密切的關係。事實上，中國人的生活，確實與雞分不開。	● 以兒時被教導的經驗帶出雞的討論。
雞自古被稱為司晨動物，在日出之前，就會喔喔啼叫。古時沒有鐘	● 雞的起始傳說：報曉的太陽使者。

錶，人們要知道一天開始，就得倚仗雞。雞有預知能力，能日出報曉，有人就以為雞是太陽使者，把牠養起來了。

在中國人的飲食文化裏，雞扮演着重要角色，有關雞的菜色就有三百多種，真可說是無雞不歡。人們日常生活吃雞、生了孩子的產婦吃雞、客人到訪吃雞。沒有雞，生活將會變得貧乏。中國人更把雞聯想到日常生活，例如有人晉升，人們都會說「當紅炸子雞」；有人遭解僱，人們又會說吃「無情雞」。好事壞事，都與雞有關。

● 雞的普及引申義：好事壞事都與雞有關。

然而，你知道古人更重視雞嗎？《韓詩外傳》說雞有「德禽」之稱，有文、武、勇、仁、信五德。雞有雞冠，頭戴冠者，文也。腳上有爪如武器，武也。敵人在前，即使身形比自

● 用引用法，借《韓詩外傳》介紹雞的聯想義：文、武、勇、仁、信、義六德。

己龐大亦不畏懼，上前搏鬥，至死方休，勇也。見食呼朋，有福同享，仁也。不管外界有何變化，即使刮着大風，下着暴雨，仍堅守職責，守時守信，司晨報曉，信也。另外，也有人說雞還有第六德，指母雞見到蛋，不理會是雞的還是鴨的，都會去孵，所以是義德。

雞，自古被譽為太陽使者，又有所謂五德，地位甚高，為甚麼現在卻被人貶低呢？科技的發展、社會的進步，令人們不需再靠雞來報曉。禽流感的出現，令人聞雞色變，雞的地位大大下降。疫症肆虐其間，雞隻更被大屠殺，雞命仿如草芥。佛教團體見血光太重，於是舉辦超度會，超度雞隻往生極樂。人們認為這一切皆由雞而起，便埋怨起雞來了。

● 嘗試正反設論，探討雞的地位高低。由古入今，述及禽流感，觸目的疫情也許正是同學選雞作題材的原因。

但禽流感全是雞惹的禍？研究指出，禽流感的出現，很可能是人類養雞不善，令禽鳥互相感染而導致病毒基因變種所致。牠們並不葬身人腹卻死於非命，這真的要怪罪牠們嗎？

● 為雞辯解。這段落使文章有了「論」的實質內容，然而應多加發揮，寫得更針鋒相對一點。

香港是一個富裕城市，雞隻的售價相對便宜，人們並不覺得雞可貴。然而在中國，很多偏遠山區的人仍然十分貧困。一隻雞的售價，已是他們整整一個月的收入了！對他們來說，雞乃是不易求的食物，有些人一生中也未曾嘗過雞的滋味，雞是多麼珍貴呀！

● 提出雞的相對價值，以支持自己的立場。

雞有生命，對人的貢獻極多，值得我們尊重。雞尚且有五德，自詡文明的人類是否應該反思自己有多少德行呢？我們應放棄「雞是低等動物」的錯誤思想，欣賞雞的可取之處。我們要學習雞的勇德，毫不畏懼，

● 論點在文末才出現，採取了歸納的寫法。接着再把論據概括複述，可鞏固讀者的印象。段末的結語，使議論之外，多了一點點個人情志。

勇於面對困難和挑戰；也要學習雞的
仁德，和身邊的人團結一致，互相照
顧，有福同享；更要學習雄雞報曉司
晨，用啼聲劃破寂靜的黑夜，展開新
的生活！

總評及寫作建議

　　文章有清晰的鋪陳，段落分明，論據充分，知識質量甚
高。同學抓緊了一般人對雞的情意結，食既不可以無雞，卻
又處處賤視雞。古往今來，雞的地位原來已有了很大轉變。
其實人類對所有動物都應予以尊重，更何況為人司晨報曉、
餵飽人腹、給人無限引申聯想的雞！作者為雞平反，也間接
諷刺了現代人缺乏文化素養，只求功利，不識感恩，更不懂
得從身邊事物發掘生命的意義！

　　風格方面，畢竟是女孩子，筆調仍屬溫婉嫻雅的格調。
其實這類文字不妨辛辣，可以是匕首投槍，也可以是綿裏藏
針；而綜觀全文，同學作了多角度思考，已是一次不俗的嘗
試。

老師批改感想

　　要寫好議論文，需要很高的思考質素。因為學生要照顧的，不只是單方面的論點，還要思索及回應相反立場的論據，難度比單一取向的說明文高。要學生有高質素思考，必先鼓勵他們積累知識，而且不宜分類設限，因為沒有人能預知不同範疇的知識何時會互相依存、互相解釋；河海不擇細流、泰山不辭土壤，也就是這個道理。

　　教學多年，總也不能抗拒應試文化。近年來教導學生答題，想了一套心法，若寫作演繹法的議論文，部分概念，也許合宜：

　　　　論點先行，論據其後；引言浪費，
　　結語必須；推論引申，宜多取譬；立場明
　　確，切忌遊移；段落分明，即去蕪雜；字
　　體端正，優勢所藏。

電影與我

年級：中七
作者：阮文泰
批改者：歐偉文老師

設題原因

預科中國文化科需要學生認識「評論」，老師曾於課堂列舉影評為例，說明客觀評論電影的方法，後於中國文學科擬設本題，讓學生進一步反省個人與電影的關係。

批改重點

1. 遣詞造句的能力 —— 幽默文詞。

2. 運用議論要素 —— 論證的能力。

批改重點說明

1. 運用幽默的文詞，能使嚴肅的議論文變得生動有趣。第一個批改重點，在檢視本文如何利用幽默的遣詞以說理。

2. 論證為推展論點的重要過程，是議論文的要素。第二個批改重點，在分析本文的論證過程是否清晰有力。

批改正文

 範文　　　　　　　評語

「天下文章一大抄。」

本人雖是文學工作者，對此理論，亦深表贊同。自我創作那天，都是以他人作品的精華，補自己的不足。要抄得精，偷得妙，博學，是必需的，因此，我訪尋天下電影，以備不時之需。

● 第一、二段綜論自己與電影的密切關係，為下文月旦不同類型的電影鋪墊。

我和電影的關係，曖昧不清，猶如偷情男女，若然掩飾不好，會招致殺身之禍。眾電影中，我與劇情片最曖昧，與喜劇最像師生，與愛情片最密切，與恐怖片的交情，最勢利。上帝若多給我十年（保證我十年不死，大吉大利），我將會和電影組成家庭，拍一部電影版《真情》。（《真情》，是無線電視台的親情劇。它的賣點，是長。）

● 概述不同電影的特色，內容不僅扣題，用詞亦幽默有趣，令讀者會心微笑。

劇情片是靈感泉源，它的賣點不在拍攝手法，而在故事。即使導演只用順敍法，把曲折劇情鋪寫，也可成戲。港產片商人，只着力投資警匪片，題材俗氣，主角往往手執機槍，由片頭殺至片尾，若然有個小記者問他：「你為甚麼要殺人？」他會例行公事地答：「為了已死的同胞！」或是：「義薄雲天！」幸好，近年來，香港影壇多了王家衛和彭浩翔，令香港劇情片，創出新風格，力壓外國貨。這兩位編導，都是我的偶像，亦給予我無數靈感。他們拍得精妙，不像混水摸魚之輩，把戲名換了，重新修訂年份，便推出影院播放，欺騙觀眾。王家衛的電影路數，多說愛情，但他亦有一部劇情片，名叫《旺角卡門》。這部電影，述及江湖小混混阿華和烏蠅的悲慘命運，看畢，會令人不經意地說句：「人在江湖，身不由己。」至

● 通過庸俗的港產警匪片與作者欣賞的電影作比較，説明劇情片需要靈感創意。作者對電影認識甚深，論證過程並不複雜，然而揮灑自如，極有見地。

於彭浩翔，更是劇情片的佼佼者，他憑《公主復仇記》，在香港闖出名堂。這部奇片，運用了砌圖式的電影結構，伏線收發，出人意表，令人歎為觀止。兩位編導，擁有特殊的創意和策略，我經常看他們的片子，揣摩揣摩，化為己用，令自己更具創意，矢志成為未來的「香港北野武」（北野武是個日本名導，擅長編、導、演三才。）

人類，不能缺乏幽默的智慧。香港名哲李天命先生曾言：「無論一個人怎麼有智慧，要是欠缺了機智幽默，那麼他擁有的一定不是最高的智慧。」小弟生性愚魯，卻想扮個智者，故仿效無數喜劇，把戲中笑話，轉換轉換。偷學不久，喜劇先生便板起面孔：「你倒不如拜我為師吧！」香港喜劇，排泄物太多，臭氣衝天，令人食不下嚥，大概只有減肥專家才看。外國喜劇，誠然，比較耐看，其中，又

● 第五至七段利用比喻，凸顯香港喜劇的缺點，諷刺味濃；又以《衰鬼線人》為例，説明外國喜劇較耐看。作者比較兩地電影的不同，論證喜劇需要具備幽默智慧，簡要明快。● 這三段交代喜劇及恐怖片的特色，用語饒有趣味：先作自嘲，突出喜劇中的角色需要具備惹笑造型；再透過愛情片與恐怖片的對話，暗示恐怖片情節驚嚇，「有助結識

以占基利最得笑匠——差利卓別靈的真傳，單憑形體動作，都能令觀眾笑得合不攏嘴。自從看了他主演的《衰鬼線人》，我經常對着鏡子扮鬼臉，可惜，只落得臉部肌肉抽筋的下場。看來，還要多加練習，才可引人發笑。

愛情片和恐怖片，都有相同之處，它們的價值，與工具無異。

——「你怎可以把我們看成工具？」愛情片說。

——「是啊，我們可不是工具！」恐怖片說。

——「但你們都有助我結識異性。」

還記得一句名言，出自《衰鬼線人》。戲中，占基利說：「《緣分的天空》是齣好戲，最適合跟女朋友看。」時移世易，這句對白，未免有所缺漏，容許我輕提狼毫，寫上一筆：

異性」，惟不宜與「好色之徒共賞」，用語幽默，意在言外，可堪細嚼。

「《午夜凶鈴》都是齣好戲，但要緊記——不要跟好色之徒共賞。」

雖說愛情片和恐怖片，都能鼓動人心，但兩者之中，我卻比較喜歡前者。也許我是個浪漫主義者，愛情片的賓白，置於我的人生，最是合適，一如大齒輪與小齒輪間的關係。每當我意圖結識異性，都會移花接木，把戲中的甜言蜜語，挪移挪移，可惜，通常都接得不好。效果，就像 William Hung 唱 Hotel California。

——「你看着我的勞力士，看一分鐘好嗎？」

（一分鐘後⋯⋯）

——「過去的一分鐘，屬於我和你的。我們已是相交一分鐘的朋友，這個事實，你改不了的。」（改自王家衛先生的《阿飛正傳》）

電影，與我相交已十多年，不再

● 仍用自嘲，以自己圖效愛情片之對白結交異性，惟畫虎不成，最後只如 William Hung 唱 Hotel California，用語結合時人趣事，富幽默感，讀之不禁捧腹。

是一分鐘的朋友，情誼，總有一點。
若然它是個將會遷居海外的可愛女
孩，我大概會趕至機場，佇立登機時
間顯示器下，遠遠目送它吧。幸好，
電影只是電影，不會離去，而我，會
以一生血汗，換取幾齣好戲以及一段
曖昧的「朋友」關係。

總評及寫作建議

　　電影對社會的影響無遠弗屆。青少年經常接觸電影，若流於「觀看」而缺乏批判思考能力，人云亦云，即使電影傳播不良信息，也不能去蕪存菁。阮同學對中外電影，均有認識，是以能比較反省，知所選擇。

　　本文運用不同手法，論證不同類型電影的特色，行文幽默風趣，舉重若輕，令讀者印象深刻。議論文的論證過程並無奧祕，例如本文透過比較分析，即突出不同影片的優劣。至於行文，誠如阮同學所言，博覽羣觀自能曉聲識器。本文不但反映作者對電影的認識，也反映作者能自嘲而恰到好處。近代作家梁實秋、錢鍾書、王力等，俱以學養豐碩、文詞幽默著名，阮同學若能涵泳其中，研習諸位學者之散文，得益自必更廣更大。

談談青少年崇拜歌手、影星的現象

年級：中五
作者：林錦莉
批改者：歐偉文老師

設題原因

配合《孟子·齊桓晉文之事章》一文，讓學生鞏固議論文的寫作能力。

批改重點

1. 運用適當的觀察力。

2. 表達論點的能力。

批改重點說明

1. 靜觀萬物，自有所得，所以有良好的觀察力，才有上佳的觀點。第一個批改重點，在評估作者是否具備適當的觀察力。

2. 議論文的基礎在論點，能夠利用準確的文詞、適切的例子，對清晰地表達論點，極有幫助。第二個批改重點，在審視本文透過不同的方法表達論點的能力。

批改正文

 範文 　　評語

近年來，很多青少年都喜歡崇拜一些外形漂亮、能歌善舞的歌手、影星，有時甚至依戀沉醉，不能自拔。這些青少年還視他們為模仿及學習的對象。

● 概述青少年崇拜歌星影星的現象，用「依戀沉醉」、「不能自拔」等貶語，初步確立崇拜偶像需重內涵的論點。

偶像有極大的影響力，他們唱的每一首歌，穿的每一套服裝，跳的每一個舞步，比任何一個健康信息更容易打入歌迷的腦袋。根據調查，大多數崇拜明星偶像的青少年，都會把光環套在偶像的頭上。他們放大了偶像的優點，縮小了偶像的缺點。他們大都盲目欣賞偶像表面的優點，例如樣貌和身材。只看偶像的表面，誇大了他們的能力。至於明星偶像過於注重形象、缺乏內涵等缺點都被忽略了。

● 道出青少年盲目崇拜偶像的心態，就是「放大了偶像的優點，縮小了偶像的缺點」。可謂一語中的，具敏銳的觀察力。

香港青少年所崇拜的明星，多數是一些戴着假面具的偶像，他們徒具外表，卻沒有實力和內涵。相反，據最近一個崇拜偶像的研究，內地青少年崇拜的是傑出的人物，例如愛因斯坦、周恩來及毛澤東等，這些人物有的富有智慧，有的具領導才能，堪稱世人的典範。另外，內地青少年亦視父母為偶像，是自己學習的榜樣。這種重視偶像內涵及品格的看法，比香港青少年更多樣化，更深刻。

我認為我們可以崇拜偶像，但要以他們的奮鬥過程為學習榜樣，不應把他們神化，並且不應過分盲目追求。凡事適可而止，向不同偶像學習，吸取他們的長處，才是正確的態度。

● 列舉調查資料，比較內地與本港青少年崇拜的對象，反覆申述文章論點——青少年崇拜偶像時宜知取捨，以偶像的品格才能為效法對象。

總評及寫作建議

撰寫議論文需具備敏銳的觀察力。平日對家國要聞、身邊瑣事，要關切留意，然後反覆思量，發而為文，論點自然源源而至。林同學這篇文章，持論雅正，舉例切當，率皆日常觀察思慮之功。

本文立場清晰，無論遣詞用語、推理論證，均緊扣論點。其中第三段以內地青少年崇拜對象作襯，顯示香港青少年的淺薄，運筆有力。然而，部分內容尚有可議之處。例如第三段認為偶像「戴着假面具」、「缺乏內涵」，理據似嫌不足，難免予讀者想當然之感。如能仿效各段，援引有關調查作憑證，然後深入剖析，論點當更嚴謹細密。

老師批改感想

　　對大部分學生而言，議論文是最難駕馭的文體。議論文重點在說服別人，因此必須立論鮮明，文辭鋒利，例證翔實。學生若對四周事物漠不關心，人云亦云，勉強成文，實難以動人。我想老師在教授議論文之前，可以讓學生就特定問題表達意見，甚至鼓勵學生唱反調，提出與眾不同的看法。以上述題目為例，一般學生都會否定崇拜偶像的行為，然而若能反其道而行，讓學生剖析崇拜偶像的好處，對開闊眼界，刺激思考，當有裨益。王安石的文章立論自出機杼，在唐宋八家散文中別樹一格，有興趣的同學不妨參考揣摩。為文之道，重兼收並蓄，並無成法，只是千里之行，始於足下，能正確踏出第一步，才能創造個人的文章風格。

你認為讀書考試有捷徑嗎？試談談你的看法

年級：中四
作者：劉瑞昌
批改者：歐陽秀蓮老師

設題原因

　　想寫好議論文，除了基本元素齊備、理據充分之外，駁論也扮演重要的角色；恰巧所教議論文有很好的駁論以作範例，因此設立此題，望同學能學以致用。

批改重點

　　1. 審題立意。

　　2. 駁論。

批改重點說明

　　議論文與記敘文相同之處是，倘若不想流於平鋪直敘，就要在段落層次方面下點功夫。為使議論文的結構有變化、有層次，駁論是不可或缺的手段。另外，題目的關鍵字詞（題眼）往往是下筆的切入點，故審題立意是另一個訓練重點。

批改正文

範文 　　　　評語

　　讀書考試的捷徑就是指以一些不正確的快捷方法去獲取好成果。讀書考試應日積月累，把知識「匯聚」起來打下根基。所謂捷徑，例如考試前開夜車、考試作弊等，都是不應有的態度及快捷的途徑。想讀書考試好，必先從基礎做起，不能把次序調亂。因此，我認為考試讀書是沒有捷徑的。

　　「莫因善小而不為，莫因惡小而為之」，意思是不要因為行善的量少而不做善事，不要因為罪惡的量少而去做壞事。我想，讀書考試不就是同樣的道理嗎？讀書考試都是平日把一點一滴的知識儲存起來，雖然每天的分量是微不足道的，但集腋成裘，平日所累積的就會愈來愈多。一滴水點雖然渺小，但大海卻是由很多渺小的水

● 用定義說明法解說題目，清晰簡潔，而且以開門見山法表明立場，令人印象深刻。

點形成的。讀書考試也應是平日累積的，絕無捷徑可言。

「百尺高樓平地起」，地盤工人建築時，總是把鋼筋根深蒂固地打進地下，因為根基是最重要的。如果根基一開始就歪了，之後所建的也更歪。「欲速則不達」，你想達到最快的效果，但又不打下鞏固的基礎。建築物建好後，也如一幢紙做的模型一般，脆弱得不堪一擊。因此想讀書考試好，絕對沒有捷徑，必先循序漸進，從基礎做起。

有人說：「我考試前開夜車不就可以把所有東西讀完了？岳飛不是誦習達旦嗎？又何需每天都累積呢？」又說：「考試要拿高的分數，作弊又有何不可？」

首先，你每天溫習，就會發現許多疑問，我們需要把它們解決，把學問累積。但若你在考試前才開夜車，

● 通過連續提問，假設有人提出不同意見，然後舉出語例、史例等逐一反駁，稍微有先破後立的味道，好處是一己立場更是堅定鮮明，而且駁論言之有物，理據充實，一擊即中，令人折服。加上駁論不僅只有駁斥的成分，

臨急抱佛腳，便累積了很多問題。「冰封三尺，非一日之寒」，每天都累積疑問，愈滾愈大，對讀書考試一定適得其反。若你不每天累積學問，讀書考試又怎會好呢？讀書考試是不會有捷徑的。

岳飛是天天誦習達旦，為的是多獲得一點知識，而你為的是應付考試，兩者動機不同。岳飛希望每一天多累積一點學問，這才是讀書考試的正確途徑。

其次，考試的目的是測試你平日所累積的學問。儘管你的分數拿得很高，但這卻不是你憑實力得來的，那就是毫無意義可言。這對讀書考試完全沒有幫助，因為你平日根本沒有累積，你得到的只是一個漂亮的分數，但實際上你是一無所得的。你若想有所得着，必須從每日的生活、學習中累積，這是讀書考試獲取佳績的唯一途徑。

還有中肯的分析，見解有積極意義，可謂情理兼備。

有許多人花很多時間在一件看似簡單的事情上,旁人會笑他們愚蠢,但這卻是最重要的,因為這些簡單的東西就是基礎。一分耕耘,一分收穫。有付出不一定有回報,但沒有付出,就一定沒有回報。「十年寒窗無人問,一舉成名天下知。」可見讀書考試要好,是要付出努力和時間的。因此讀書考試不會有捷徑,也不能一步登天。

總評及寫作建議

同學開宗明義將題目的關鍵字詞給下定義,切入點非常準確,可見審題功力之深厚。定義說好了,往後論證便有所依據,不會浮遊無根;加上以下筆立論之法表明立場,一矢中的,簡明精當,有先入為主之效。另外,加入駁論令結構變化有致,真正體現有說有論之道。然而,以連續設問提出不同意見,以引出駁論(先破後立),似乎不及破立同時好,建議同學多用破立同時的論說技巧,以收更佳的辯駁效果。

常言道：「嚴師出高徒。」你同意這句話嗎？試談談你的意見

年級：中三
作者：張綺婷
批改者：歐陽秀蓮老師

設題原因

剛教完議論文的單元，故設立此題來配合讀文教學。議論文要素眾多，本文的訓練重點是以論據進行論證。

批改重點

1. 論據：引用事例、語例。

2. 佈局謀篇。

批改重點說明

論據是論證的靈魂，可是論據種類繁多，是次訓練重點從淺入手，故只選取引用事例、語例。另外，議論文也講求結構層次，段落的安排，故佈局謀篇同樣重要。

批改正文

 範文 評語

　　每一個成功人士的背後，都有一段非凡的經歷；在這條崎嶇的道路上，除了靠本身的堅忍毅力走進成功之門外，也許幕後功臣是不可或缺的。他是父母嗎？他是學兄學姐嗎？他是真心摯友嗎？以上的統統不是。

　　他是「嚴師」。

　　人們常將「嚴師」和「高徒」放在一起，有嚴師便出高徒的說法無疑是正確的，語云：「強將手下無弱兵」，正是這個道理。一位嚴師必定要求學生將事情做得最好，不能有絲毫差錯，甚至是要求做得近乎完美；做得不合乎師傅的要求，古時動輒便家法侍候，打至遍體鱗傷。現在這方法雖然不合時宜，但仍會受嚴厲苛責。在這樣的磨煉下，怎會不教出高徒來？

● 開首以連續設問及反正修辭手法表明立場，鮮明有力，予人信心十足、堅定不移的印象。

許多為人熟悉的粵劇大老倌都是因為有一位嚴師才有如此超卓的成就。紅伶梅雪詩是半途出家學粵劇，當年年方十八九的她，筋骨硬邦邦的，但師傅白雪仙並沒有因為這樣而對她格外通融，反而對她更嚴厲：拗腰三分鐘，無論怎樣辛苦也要堅持下去；壓腿壓得微絲血管破了嗎？也必須繼續，不容有一刻疏懶，「不打不成器」正是嚴師白雪仙當年抱着的信念。終於，梅雪詩沒有白費多年努力，熬出頭來，成為現今首屈一指的名花旦。這正正是嚴師出高徒的好例子。

● 引用事例以論證有嚴師便有高徒，兩者互為因果，理據充分、有力。

有人說：「師傅領進門，修行在個人。」當師傅的用不着那麼嚴厲吧？要是學生本身能成大器，師傅不用教導也自會成功。但外面的花花世界，對徒弟引誘太多，如果連師傅也不嚴

● 引用語例進行駁論，加上用反問及設問，令語氣更堅定，立場更鮮明。

屬，甚至本身也得過且過，又怎能教出高徒來？

也有人稱道「物極必反」，師傅過分嚴屬，反令學生卻步。但要求比較高，對學生們嚴屬一些，不是會令學生進步嗎？須知道有適當的壓力，人才會進步；有適當的磨煉，人才會對自己本身有要求，進步的成數更高。

● 在論證過程當中，結構條理有序，不僅以事理論證，還加入駁論，令段落富於變化，層層遞升，恰到好處。佈局之嚴謹，可見一斑。

當然，高徒並非必定要出自嚴師之手，但若然嚴師也沒有，高徒這一詞更難找到人選。因為有嚴師的督促，徒弟才會有決心克服困難，高徒亦因嘗過風雨，受到挫折的磨煉，成就才會如此出眾。對於高徒而言，嚴師是功不可沒的，因為——有嚴師，才能出高徒。

● 結尾：回應首段，重申立場。結構嚴謹，條理清晰。

總評及寫作建議

　　同學巧用連續設問及反正，將一己之立場帶出，可見思路相當明晰，語氣非常堅定，頗有銳不可當之勢，予人鮮明的印象。文章的發展也由此展開，段落安排嚴謹，事例、語例引用恰當。層次之提升全靠文末駁論之安排，令人深思，頗具畫龍點睛之效。

老師批改感想

　　無獨有偶，兩篇文章都以嚴謹的結構及駁論取勝，可見要寫好議論文，除了具備基本元素之外，還應在基礎上多提升，切入點宜為清晰嚴密的思路，才有緊密有致的結構，加上培養從多角度思考的習慣及安排駁論，令一己之論證立於牢不可破之境地。在寫作技巧上有所提升，學生在學習過程中才有新思維，學習更見趣味。

談安樂死法案

年級：中三
作者：蔡嘉惠
批改者：潘步釗老師

設題原因

這是配合中三級學習單元「言之有理」的寫作練習題目，希望訓練同學利用論據和論證的寫作手法。

批改重點

1. 論據。（引用數據）
2. 正反立論。

批改重點說明

議論文一般要講究論據的運用和論證手法是否配合主題。這篇文章以安樂死應否立例進行為題材，相當具爭議性，也是時事熱門題材，因此能否列出合理數據和照顧社會各方面人士的不同看法與論據，是成敗的關鍵，也是能否令人信服的重要考慮。

批改正文

範文

評語

本港法例規定，任何教唆、慫恿或促使他人自殺的行為，都屬於刑事罪行；醫務委員會規定香港所有醫生必須盡一切努力去維持病人的生命。近來社會再出現關於安樂死的討論，我們究竟應否立例批准，以絕症病人不堪痛苦作理由，讓這些病人死得有尊嚴。令病人脫離痛苦的折磨當然合理，但是提早結束其生命的方法，是不是維護其尊嚴的行為呢？

根據一項調查顯示，患上絕症的病人之中，只有百分之九十五曾有尋死的念頭，也就是仍有不少病者完全沒有想到要結束自己的生命。即使是有尋死意欲的病人，也只是因為他們要面對離別、無助、失去自控能力，對死亡感到恐懼和悲傷。認為活着沒

● 用設問的方法帶出要討論的問題。

● 提出數據支持並不是所有患上絕症的病人都有尋死的意欲，為自己的論點立下了很有力的論據，在建立論說力量上是相當重要的安排。● 即使是有尋死意向的病人，其實也是基於人們未妥善照顧而產生錯誤想法，進一步為

有意義，是這些想安樂死的病人和其他爭取延續生命的病人最大的分別，因為他們沒有親人關懷，生活困苦，只是借安樂死來逃避問題。社會不應該助長他們的自殺觀念，而是更好地利用資源，幫助他們渡過難關。例如社工輔導或善終服務等，令他們可以好好珍惜餘下的人生，活得比常人更有意義。

論據強化了論證力度。

或許有人說安樂死可以幫助病人解除痛苦，維護他們的尊嚴。香港的醫學發達，協助病人減輕痛楚並不難；至於尊嚴，病人懦弱尋死並不比堅強地生存，獲得更多的尊嚴呢。堅強的病人力抗病魔，獲得的尊重會更大。

● 從正反立論，照顧到反對者的觀點，然後再予以駁斥。這使論證變得完整立體，有更強的說服力量。

社會各界遲遲不通過安樂死法案，因為其中涉及人命。人命關天，人死不能復生，死後再多的後悔也沒

● 最後標明立場，論點明晰清楚。

法補救，必須謹慎對待，所以香港廢除死刑。醫生不應對病人停止施救及提早結束其生命，相反，醫生應該盡一切努力維持人的生命。當病人要求醫生間接結束其有希望的生命時，對醫生來說也構成精神上極大的壓力，隨之而來的更可能是一連串的社會問題。為了對生命的謹慎和尊重，我堅決反對安樂死的法案。

各位，當有人再次要求安樂死時，不妨問一句：「為甚麼你有勇氣求死，卻沒有勇氣求生呢？」

● 以反問作結，為所論作肯定的收束，既有力度，也見特別，很好。

總評及寫作建議

以「安樂死」這種熱門社會話題作題材，好處是可談之點很多，壞處是由於正反意見均頗有道理，不容易見出其中一面的論證力度。本文作者針對這問題，先以數字論據這種至為客觀的方法，清楚說明了縱使患上絕症，也不是任何人都願意放棄生命的事實。而即使是有尋死意向的，也是因為社會的資源和配套不足。第三段從反面立論，解決了持贊成觀點者最重要的論點：「解除病人痛苦和維護其尊嚴」，直接駁斥這種看法的不合理處，論說有力，大大增強文章的論證力度。整體來說，文章的論點鮮明，數據運用和正反立論的手法均針對論題，論述過程緊密相扣，很有層次。不足之處在引用事例不多，如此課題，在社會上其實有很多可引用的事例，即使論據引述，也應列明研究資料出處，可以增強論據的說服力。

論纖體瘦身的風氣

年級：中四
作者：毛燕美
批改者：潘步劍老師

設題原因

這是中四級同學的寫作練習題目，要求練習寫議論文的方法。

批改重點

1. 論點：開門見山。
2. 論據：史例、事例。

批改重點說明

議論文貴在論點明晰，立場鮮明；引用當下生活或歷史事件來論證、支持自己的論點，亦是常見而有說服力的手法。

批改正文

範文 　　　　評語

範文	評語
近年纖體瘦身的風氣瀰漫全城，由成年人到青少年，甚至是小孩子，	● 先描述情況，再以設問的手法引入論題，再表明立場。開

都嚷着要瘦身。纖體瘦身的廣告隨處可見，翻開報紙，一邊是瘦身廣告，另一邊卻是少女因節食暈倒的新聞，實在諷刺。我要問的是：「瘦就是美嗎？」我的答案是不同意。

我們可以以歷史上的人物為例子說明。趙飛燕和楊貴妃雖然一個在漢朝，一個在唐朝，但兩個都是歷史上公認的大美人。大家都知道，我們用「燕瘦」、「環肥」來形容她們，足見無論是「肥」或「瘦」，對於美是沒有絕對影響的。為甚麼？原因很簡單，因為「美」並不是建基於體型，還要考慮很多其他因素的。

進一步看楊貴妃和趙飛燕的美，我們更會明白潮流的影響力。從歷史潮流來看，崇尚肥或瘦都只是一種潮流，像漢尚瘦而唐尚肥。任何潮流都只會風靡於一時，並不恆久。只要我

● 門見山的手法用得好，令論點清楚而鮮明。

● 舉歷史人物為例，客觀而有說服力。所選的楊貴妃和趙飛燕非常適合，「燕瘦環肥」的確切中美的標準是相對，沒有絕對規定的現實。

● 由具體史例進一步延伸，針砭社會不正當的價值觀，也見自然而合理。

們對自己有信心，不隨波逐流，不理潮流如何轉換，於我們皆無礙。可惜的是，現代人缺乏完整的價值觀，才會被潮流牽着鼻子走。

有時身旁的朋友嚷着要瘦身，因為要與一些女明星看齊。最令我感慨的是，曾見過一則纖體廣告，一個小女孩拖着瘦身成功的媽媽說：「媽媽現在瘦了，很漂亮，我和她上街很自豪！」一個小孩子竟然將母親的價值，建基在美醜肥瘦上，多麼令人遺憾。看來，如果社會仍然容許這些不合理的價值觀存在和滋長，對下一代會有很大傷害的。

● 再舉現代事例說明，兼顧古今，令論證更全面。

其實纖體風氣只是商人為賺錢而鼓吹起來的，借此牟利。我們一定要認清「甚麼是美」！不要當「纖體」的奴隸。最後，我想以一項調查報告的結果作結。根據一項訪問了九百多名

● 指出重要的問題，可惜未予深入發揮。

學生的調查報告顯示，超過三成學生
曾嘗試減肥。看來，如果我們再不端
正社會歪風，禍害會延至下一代的。

總評及寫作建議

　　在文中第一段，作者先提出一個重要的問題：「瘦就是
美嗎？」然後在段末清楚表明自己的立場——不贊成。這篇
文章批判當前社會錯誤的價值觀，因此論點宜堅定鮮明，作
者選用開門見山的建立論點方法，相當適合。這種手法既可
為全文定下基調，更能凸顯作者對自己作出的批評，有信心
且態度堅定。文中的主要論證手法是事例和史例，「燕瘦環
肥」的引用非常準確，切合問題，反映出「瘦就是美」的觀
念，在歷史上是有反證的。由於史例選得好，令文章說服力
增強不少。作者順着論點，進一步針砭時俗，並提醒現代人
要留意這些錯誤價值觀的禍害，鋪排自然合理。討論肥瘦美
醜的本質問題，如能夠深入一些，批判的力度會更大。指出
商人的「幕後鼓吹」，本來點中了問題虛假的核心，可惜沒
有進一步論證和發掘，浪費了立論的一個重要角度。

老師批改感想

　　對學生來說，議論文是一種既容易又困難的文體。說它容易，是因為它有很強的「技術性」，只要留意「論點」、「論據」和「論證」等要素，妥善運用，一篇完整的議論文便可以完成。說它困難，因為完成不等於寫得成功。好的議論文要有精闢見解、論證有力，這些就不是單憑「技術性」可以做到，而是要講究為文者的識見學問，這方面對香港的中學生，明顯是一種挑戰。這兩篇文章的可貴處在於作者都有自己的看法，立場不模糊，而且看得清問題的癥結何在，因此配上了合適的論證方法，就能寫成一篇不俗的議論文。議論文要寫得好，我會勸告學生必須多閱讀探究、多積儲知識，培養自己的獨立思考能力，這才是最根本的條件。

青少年應如何求職擇業

年級：中四
作者：何可茵
批改者：蔡貴華老師

設題原因

1. 同學剛學完了梁啟超〈敬業與樂業〉一文，認識到「敬業」和「樂業」的重要性，故特設此題讓同學憧憬一下自己的將來。

2. 平時同學較為害怕寫作議論文，這篇文章讓他們寫青年人的切身問題，可能會較易入手。

批改重點

1. 立論是否明確，結論是否紮實。

2. 論據和論證過程。

批改重點說明

1. 如何在不同的看法中建立自己的論點。

2. 如何舉引不同的論據令自己的論點更有說服力。

批改正文

 範文

 評語

從小到大，我都沒有真正想過長大後的職業是甚麼，只是在小學三四年級的時候，看見老師很有威嚴，便想過將來要當一位老師，或是一位訓導主任。其實那時年紀還很小，所以沒有想過應怎樣努力去達成自己的理想。現在長大了，也是時候去想想選擇職業的問題了。

● 從小時候的理想帶出青少年選擇職業的問題，有親切感。

現今的青少年求職擇業，有的重視薪酬，有的重視滿足感，有的重視日後的發展。我認為滿足感是最重要的，其次是日後的發展，最後才是薪酬。為甚麼滿足感是最重要的呢？

● 立論：舉出青少年不同的擇業心態——重視薪酬、重視滿足感、重視日後的發展，以帶出自己的擇業觀點——滿足感，這裏運用襯托手法，能突出個人觀點。

大部分人求職擇業最重視的是薪酬，認為有好的收入就是理想的工作，但試想想每天對着一份自己沒有興趣的工作，做起事來總是提不起

● 先指出只「重視薪酬」的擇業觀點是錯誤的，能引發思考；舉醫生和飛機師的工作為例，進一步指出只「重視日後的發展」

勁，是多麼痛苦的一件事啊！所以說滿足感是很重要的呢！有些人認為工作的前景很重要，但如果只重視日後的發展，而逼自己做沒有興趣的工作，這樣也很難堅持下去的。例如醫生和飛機師是人們夢寐以求的職業，因為他們被認為是很有前途的，而且薪酬又高，但如果你怕血或有畏高症，或根本對理科沒有興趣，無論這兩種職業有多好的前途，我相信你也不會做得長久的，因為你缺乏了一股推動你前進的力量，就是興趣。

最近電視台播放一套電視連續劇，叫《衝上雲霄》。它的內容是描述一班飛機服務員的日常生活和工作。我看了後，便喜歡上空中小姐這份職業，因為在天空飛翔，我想是每個人的夢想，我也不例外。空姐可以去不同的地方，認識各地的風俗習慣和結

而忽略興趣的擇業觀點也有不足之處。從多角度分析，能引導讀者更深入地思考。

● 舉引某受歡迎的電視劇為例，帶出自己心儀的職業——空中小姐，說明「為興趣而擇業」的好處，就同學生活面舉例，有親切感。舉例說明空中小姐這份工作的好處，能符合興趣和具發展機會的要求。能詳細析述例子，有說明力。

交到一些不同種族的朋友，這既可以擴闊視野，又可以學到交際的技巧，此外，空姐的薪酬絕對不比護士和老師低，更有良好的發展機會呢！因為如此，我對空姐的工作很感興趣。

最後，我認為青少年應該依照自己的興趣來選擇職業，其次是日後的發展，最後才是薪酬。因為我相信沒有人會願意接受一份自己不喜歡的職業吧！

● 結論：重申青少年應以興趣來選擇職業，照應第二段的立論，結構完整，首尾呼應。

總評及寫作建議

1. 第三段的反駁尚算簡潔有力，先反擊異己的看法，再申述自己的觀點，是議論文常見的寫作手法。

2. 第四段的論據説服力較弱，只因看過某電視劇而認為自己適合從事某個行業，似乎欠缺説服力。因電視劇的內容大多是譁眾取寵、誇張失實的，如能代以某位親人的親身經驗為例，或自己曾閱讀有關書籍得到豐富的知識為論據，相信會更具説服力。

環境保護，人人有責

年級：中四
作者：勞靜汶
批改者：蔡貴華老師

設題原因

1. 環境保護，是許多人關注的問題，但也有人置身事外，對環保漠不關心，故以此為題讓同學表達一下自己的意見。

2. 議論文是會考必考的體裁，希望中四級同學更熟悉這類體裁的寫作技巧。

批改重點

1. 如何駁斥錯誤的觀點。

2. 反問句是否運用恰當。

批改重點說明

1. 寫作議論文不可只顧申明自己的觀點，也要駁斥別人的看法，才可令自己的觀點能立於不敗之地。

2. 運用反問的句式引人思考，可令句意更明顯。

批改正文

 範文 評語

　　香港，除了是世界著名的購物天堂外，最吸引外國遊客的，相信就是港闊水深的維多利亞港了。可惜，近十年來，香港的填海工程愈來愈頻繁，海港愈來愈窄，海水的污染程度已不宜進行渡海泳，船隻在海港航行時危險重重，時有撞船的意外事件，遊客們乘船渡海欣賞景色，一晃眼便到了彼岸。一直讓我們引以為傲的維多利亞港已失去了昔日的姿彩，甚至被人譏笑為「維多利亞河」了。難道我們願意看到維多利亞港從此消失，九龍半島跟香港島連成一片嗎？香港政府和市民是否應該開始在環境保護方面加把勁呢？

　　在政府方面卻剛好相反，最近政府再次在維港兩岸進行填海工程，

● 連續兩個反問句，令政府和市民一同反省，清楚知道自己在環保方面的責任，有強調的作用。

● 舉例說明香港政府填海的行為是出爾反爾，與環保工作背

九龍半島跟香港島之間的距離日益收窄，海水被污染得發臭，這樣的維多利亞港簡直令人感到心酸。維港的改變已令香港這顆「東方之珠」黯然無光了。香港政府常常呼籲市民保護環境，但為求眼前短暫的經濟利益而進行填海工程，又是否自打嘴巴的行為呢？政府應三思而後行啊！

在市民大眾方面，仍然有許多人對目前的污染情況熟視無睹，以為環境污染跟他們一點關係也沒有，依然我行我素。其實環境保護刻不容緩，與市民大眾息息相關，單靠政府去承擔是不行的，相信每個香港人都聽過政府的宣傳口號：「藍廢紙、黃鋁罐、啡膠樽。」政府鼓勵市民把廢物分類放置，把有用的物資循環再造，藉此減少廢物，但依從指示的市民可謂少之又少。他們不是覺得麻煩，就是

道而馳，對比手法頗佳。再運用反問句強調政府的錯誤行為，強而有力。

● 仍有人認為環保工作跟自己無關，作者在這裏予以駁斥，指出單靠政府呼籲不能成事，立場鮮明。● 假設破壞環境的嚴重後果，向市民曉以大義，語重心長。再以反問句促請市民與政府同心協力，不要坐以待斃，能傳達強烈的公民意識。

批評有些大廈根本沒有分類垃圾桶的設備，令市民無所適從，所以報紙、玻璃樽、鋁罐等還是一大堆的堆在一起。香港的堆填區已不敷應用了，市民若再不斷大量製造垃圾，香港還可以叫做「香港」嗎？是否叫做「臭港」更貼切呢？既然政府都已經這樣大力協助市民了，市民為何還不跨出重要的一步，萬眾一心，共同改善香港的環境呢？

香港雖然是個國際大都會，工廠、商業大廈林立，但繁榮背後是要付出高昂的代價的。在新界的米埔自然保護區，本來是罕有的野生雀鳥棲息的地方，可是，附近的一些大型建設已令雀鳥失去居住地，雀鳥的品種和數量愈來愈少了；香港是個彈丸之地，但人多車多，車子排出來的廢氣籠罩着香港，香港人的健康愈來愈發

● 進一步假設破壞環境的嚴重後果，向市民當頭棒喝，用詞嚴峻，有警醒作用。
● 再以反問句強調破壞環境威脅人類的壽命，具說服力。

岌可危了；每天填海一尺、每年興建一條高速公路，維港很快就會消失；每人每天製造一件垃圾，五十年後的香港就沒有可以立足的土地了。中華白海豚、海鷗、白鷺將會離我們而去，香港將易名為「臭港」，人們上街都要戴着口罩。人們還可以期望長命百歲嗎？

其實不僅是香港，整個地球也面臨環境污染這個問題。假如每個人都袖手旁觀，視若無睹，自私地以為環保工作跟自己無關，人類的末日很快便會降臨了。

● 重申環保是全球人類的責任，駁斥袖手旁觀者的心態，義正辭嚴。

所以，保護環境確實是刻不容緩的啊！行動吧香港人，環境保護，由你開始，快快保護屬於你們的美麗城市吧！

● 以呼籲香港人立刻行動作結，呼應首段的立論，結構完整。

總評及寫作建議

1. 能就近取材，以維港填海這個城中熱門話題引入環保工作的探討。全文有許多假設的地方，像危言聳聽，但其實破壞環境的嚴重後果是逼在眉睫的，故全文寫來頗具警醒作用。

2. 反問的句子頗多，大多用在每段的總結。句子雖多而不濫，有總結的作用，也能帶起下文。

老師批改感想

　　第一篇文章較易處理，因為寫青少年的擇業心態，跟同學有切身關係，也是他們不可逃避的問題。第二篇寫環保，如果同學平時少留意新聞，取材方面可能很貧乏，故建議寫議論文時，先讓學生分組討論，或以辯論形式分成正反兩方對壘，讓他們掌握正反兩方不同的立論和觀點，再行寫作，效果將會更佳。

道不同，不相為謀？

年級：中六
作者：劉瑞如
批改者：蔡鳳詩老師

設題原因

中六學生以寫作評論及議論文章為主。本文題由學生自訂，屬於日常課業，主要訓練學生撰寫議論文的技巧。

批改重點

1. 運用論據的能力。

2. 審題立意。

批改重點説明

1. 論據是議論文的重要元素，要闡明一個觀點，必須有充足的證據，才能使文章更具説服力。一般學生寫作議論文時，往往未能恰當引用論據，或在表達論據時欠缺技巧，影響議論文的説服力。

2. 審題立意是寫作文章必須具備的能力。學生錯誤審題，自然不能寫出具深刻意義的文章，因此寫作教學之首，必須處理審題立意的問題。

批改正文

範文 　　　　評語

　　人生的道路上，不少人本着自己的原則來處事待人，然而，並不是每個人的原則都是一樣的。很多時候，當我們遇上跟自己意見不合、處事態度不一樣的人，我們也許會跟他們爭吵一番，甚至會放棄與那人作進一步交涉，彼此各走各路、互不相干。很多人認為既然大家意向不同、意見不合，那就無謂再勉強大家共同商討及合作了，我認為這就是所謂「道不同，不相為謀」。

　　在二十一世紀這個新時代，我們是否應該繼續抱持「道不同，不相為謀」這個大原則來待人處事呢？

　　在讀書學習階段，往往有兩種極端的學生，一種是懶惰的，而另一種卻是勤奮的。普遍來說，懶惰的學

● 論題範圍小，首段即界定文題，把握了文題的內涵和範圍，避免內容上偏離題意，下文能抓住文題作深入開掘，道理容易說透。

● 運用三個設例，首先以懶惰的學生與勤奮的學生作對比，說明學習態度不同的學生難以共同學習。

生很多時候只會守株待兔，他們不常會付出，只望不勞而獲。然而，勤奮的學生卻會發奮向上，為自己的未來作一切打算，透過付出及努力來爭取自己想要的東西。試想想，當這兩種學生合作做一份功課時，他們會怎麼樣？他們能達成共識嗎？

在工作時，有人為了權力、為了金錢、為了個人滿足感，會不擇手段爭取任何有利他們的東西。另一方面，又有人工作只為生活，凡事只問良心，但求腳踏實地賺取基本所需要的。當這兩種人交涉時，他們還能攜手合作嗎？

在道德層面上，有人認為尊嚴、良心和道德並不重要，只有得到物質、金錢和名利才不枉此生，致使他們常忽略身邊重要的人和事物。他們更會不屑一些滿腦子仁義道德的人。這也難怪，他們被社會的名利衝昏頭

再以為滿足個人慾望的人對比憑良心工作的人，說明工作態度不同的人難以共同合作。最後以重視道德的人對比重視功名利祿的人，說明二者沒有共同目標，難以合作。這三個例子相當典型，且淺顯易明，有生活氣息，具說服力。

腦了。縱使孔子還在世，他也會認為這種人無可救藥了。如此看來，他們的「道」與君子的「道」背向而行，他們還有共同目標嗎？

不過，在我們的社交圈子中，有幾多人又會真的與自己不謀而合呢？記得曾經讀過一本叫《如果世界是一百人的村落》的書，裏面就明確地提到在地球上生存的每一個人，都存在着很多差異，因此人與人之間必須互相包容和尊重。假如我們每一個人因為「道不同」便「不相為謀」，那麼我們做任何事都只會孤獨而行。就二零零四年於南亞地區所發生的海嘯來說，對於人類而言，這是一場驚世浩劫，數十萬人白白喪失寶貴的生命及家園。然而，世界各地的人不分貧富、不分宗教、不分膚色和不分地區，他們為着這場浩劫、為着死去的

● 引用《如果世界是一百人的村落》一書，說明人與人之間無可避免存在着巨大的差異，難以達至「同道」的理想。引用有效可增加說服力，若能引用更為人熟悉的書籍或格言諺語，則更能清楚地闡釋論點，且更有說服力。● 以二零零四年底發生的南亞海嘯為事例，說明「道不同」的人也可以「相為謀」。作者以時事為例，典型易明，論據有力。只是在說明「道不同」的人也可以「相為謀」這一論點時，論據不足，稍欠說服力。若能多舉數個不同的論據來支持論點，說服力自然增強。

人、為着活下來的人，提供很多幫助。他們每一個人也出一分力，守候這羣災民，幫助他們尋回親人、重建家園，不斷為他們祈禱。這些不同國籍的人不是曾經在政治上或宗教上有過分歧嗎？他們的「道」又何曾相同過呢？可是，他們現在不是走在一起，為這場天災收拾殘局嗎？由此可見，「道不同」也可以「相為謀」的。

事實上，人與人之間必須共同協議，達成共識，這才是待人處事的正確態度。當我們的想法跟別人不一樣時，我們既要堅持心中所想，也要平衡別人所想。依我所見，在自己和別人身上取得一個平衡是很重要的。我們既不可以要求別人與自己有同樣的意見，又不願盲目聽從別人，那麼我們應該聆聽對方的意見，彼此交流，彼此學習，嘗試找出共識，在合理的

情況下，亦應放下自己的偏見，接納別人的意見。遇上意見不合時，我們既不應過分堅持，也不應毅然放棄個人原則，我們要在自己的原則及別人的意見兩者之間尋求平衡，坦誠向對方提出己見。經過多番商討及修改，雙方要做到意見合一已不是甚麼困難的事了。

換言之，當與別人「道不同」時，是否要「不相為謀」仍有商榷餘地。但可以確定的是，若我們依然抱着「道不同，不相為謀」這句說話處事待人，我們是難以在如今的社會生存，也許就會如古人般懷才不遇，仕途失意，命途坎坷。

總評及寫作建議

在審題立意的角度來看，作者能抓住文題的關鍵展開議論。文題中的「？」（問號），表示「沒有定論」的意思，暗示作者須從不同角度思考「道不同，不相為謀」的合理性。全文能回應文題，符合題意，又符合文體的要求，且能作出合理的分析，最後歸結到人與人之間縱使「道不同」，仍可以達成共識，尋求共謀之道，中心明確，內容充實。

在運用論據的角度來看，本文嘗試利用設例、事例和引用作論據，使論據具有針對性，具有說服力，足以達到議論的效果。在論據的使用方面，若能針對論點多援引論據，並嘗試多利用典型的事例作論據，文章會更具說服力。

讀萬卷書，不如走萬里路？

年級：中六
作者：賴建枝
批改者：蔡鳳詩老師

設題原因

　　中六學生以寫作評論及議論文章為主。本文題由學生自訂，屬於日常課業，主要訓練學生撰寫議論文的技巧。

批改重點

　　1. 運用議論要素的能力。（論點）

　　2. 過渡銜接。

批改重點說明

　　1. 在日常生活裏，學生對生活中很多事情都有自己的看法和觀點。論點就是對所談問題的見解或主張。寫議論文，必須具有清晰和明確的論點，文章才有力。學生寫作時往往因為未深入思考問題，以致文章論點不清，或盲從附和，議論的開展亦受影響。

　　2. 過渡是文章結構的重要組成部分，在文章的結構中，起着重要的作用。文章中前後內容的銜接、轉換，常常要用過渡。學生寫作文章時，容易忽略「過渡」一環，影響文氣，破壞了文章的脈絡。

批改正文

「開卷有益」是一般人對讀書所持的傳統看法。從小到大，無論是學校或家長，總鼓勵我們努力讀書，以增進知識。不過，不少人認為讀書只是紙上談兵，因此便提出「讀萬卷書，不如走萬里路」的說法。仔細想想，「讀萬卷書」與「走萬里路」之間的關係是相當密切的，兩者各有其理，又相輔相承，因此「讀萬卷書，不如走萬里路」這一想法，的確未盡完善。

有人會提出，即使多閱讀課外書，吸取更多方面的知識，也只不過是紙上談兵罷了，沒有實際的體驗機會。因此，有人就提出「讀萬卷書，不如走萬里路」的想法。在我們所認識的知識中，有不少是需要經過親身體驗，才能領略其精髓。舉例來說，

● 寫作前對問題作深入思考，從正反兩面理解論題，並得出「『讀萬卷書』與『走萬里路』之間的關係是相當密切的，兩者各有其理，又相輔相承」這一論點。文章開首即道出論點，予人明快之感，又能讓讀者掌握全文重點，為開展議論奠下穩固基礎。

我們在書本裏認識有關地貌的知識，一般只能憑空想象，假如有機會作一次實地考察，必定對地貌的理論有更深的理解。又例如對某地風土民情的理解，必須走到當地與當地人民傾談溝通，才能深入了解某地的民風，加深對某地的認識。換句話說，即使讀得更多，所吸收的知識再多，但缺乏切身體驗，我們也是無法看到知識的全部，當中必定會有所欠缺的。

也有人認為只從閱讀中獲得知識，我們所得到的，永遠也只是別人的成果，我們永遠也只會隨着別人走。因此，我們必須跳出書本的界限，親自發掘、分析、研究學問，累積人生經驗，才能突破書本上的學問，得到更深更廣的啟發。

相信沒有人會否認「走萬里路」的好處，但是，要「走萬里路」，也要

● 上面兩段說明「走萬里路」的優勝之處，下面兩段則說明

付出不少代價，我們不但要耗費不少金錢，也要付出不少時間。在現實生活中，不是每一個人都有機會「走萬里路」，莫非沒有機會「走萬里路」，就失去了學習的途徑嗎？因此，有人就認為要掌握知識，不一定要「走萬里路」，閱讀也是一個很好的方法去獲取知識。

閱讀的好處在於可以在短時間內學到大量知識。書本是知識的寶庫，這是一點也沒錯的。它是經過作者長年累月的經驗累積、分析、研究和磨煉所提煉出來的成果。我們每天都從書本上求取學問和知識，書本對學生來說是學習的必需品，由此可見閱讀的功效是不得看輕的。透過閱讀，縱使我們足不出戶，也能知天下事。加上書籍價錢便宜，我們只需付出少許費用，就能穿梭古今，天文、地理、

「讀萬卷書」的優勝之處，內容上有着很大的差距。作者巧妙地利用段落作過渡，把兩段不同意思的文字，自然地組合在一起，文氣暢順，有承上啟下之效。

宗教、哲學等各門知識就盡在我們掌握之中。

閱讀除了能增進我們的知識外，課外讀物更是我們的良伴。它不但為我們提供多元化的知識，引領我們走進不同的知識領域，更指導我們走上適當的途徑，安撫我們的心靈，啟發我們的人生。課外讀物是我們的良友，它無間地陪伴我們。增加彼此的溝通和接觸，可能還會有意想不到的益處呢！

言及至此，究竟「讀萬卷書」優勝，還是「走萬里路」優勝？事實上，「讀萬卷書」和「走萬里路」均是獲得知識的理想途徑，二者沒有高下之分，反而有着相輔相承的效果。舉例而言，要打一場漂漂亮亮的仗，也得有一個全面的部署及足夠的兵力作後盾。要在漫長的知識旅途探究也是一

● 上文分別說明「走萬里路」及「讀萬卷書」各自的優勝之處，下文結合上文內容，提出二者相輔相承。分合之間，作者只作數個簡單句子，即能自然轉換，層次分明。● 運用寥寥數句，即於文章中一再表述自己的論點，能突出論點，抓住讀者的注意力，給讀者留下深刻的印象。

樣，必須為自己打一個穩固的知識基礎才可進一步向前邁進。多閱讀便是打好基礎的不二法門，書本的內容種類多不勝數，多閱讀不但能擴闊個人視野，增進知識，更能有效地開拓個人的思考空間。相反，當我們學習到新的知識後，我們更要向着這多姿多彩、千變萬化的知識世界邁進。吸收一定的知識後，我們便有強勁的後盾作為學習的基礎及原動力，能夠把所得的知識與生活聯繫在一起，切身體驗知識的奧祕，實在是人生一大快事。

經過上文探討，「讀萬卷書，不如走萬里路」的想法便得重新定位，要走進更多元化的知識領域，必須從閱讀中吸取足夠的知識作儲備，並從切身的體驗中追尋各門知識的深層意義。相信只有用這種雙管齊下的方法，才能領略到不同知識的真義。

● 末段重申論點，首尾呼應，予人清晰明確之感，文章結構更見完整。

總評及寫作建議

　　議論文要求作者旗幟鮮明地表明自己的觀點，贊成與否，要說得清清楚楚；應該與否，要講得明明白白。作者的觀點要明確清晰，不應讓讀者去揣摩，也不應含糊其辭，叫讀者摸不着頭腦。本文作者在文章開首即簡單直接地表明立場，至文章中段又再強調論點，文末又再重申一次自己的觀點，論點明確突出。此外，本文討論傳誦已久的名言，但作者卻沒有盲從附和，反而從思考中提出滿有道理的見解，實屬難得。

　　過渡在文章結構中起着重要的功能。一篇文章要成為一個不可分割的整體，就得把一個個相對完整的意思，按一定的統一法則，組合在一起。本文作者靈活運用過渡方式，有用段落，有用句子，不但讓不同意思的段落自然地組合在一起，更能讓文章在分合之間，自然轉換，使上下文環環緊扣，文章結構完整，脈絡清晰，文氣暢達。

老師批改感想

　　寫作議論文，除了要求文章有清晰的論點、有力的論據，還要通過對論據的分析，與論點緊密聯繫，充分說理，使自己的觀點能夠牢固地確立起來。除此以外，寫作議論文要求學生有豐富的知識和獨立的思考能力。因此，在學生所接觸的文體中，議論文是較難學，也較難寫得好的一種文體。在施教時，老師可以循序漸進，因應學生的程度鋪排教學重點，並因應教學重點集中地進行批改。當然，老師亦可以讓學生因應自己的學習進度，自行釐訂寫作的訓練焦點，然後據此批改作文。至於批改重點的多寡，亦可彈性處理，但不宜兼顧太多。寫作是綜合能力的表現，老師批改作文時，不可忽略寫作的共通能力，並應根據學生的強弱項，提供適切的回饋。

後記：幾句衷心話

　　我是一個頗有計劃、顧慮周全的人，很多事都能如期完成，很少會誤期的，和我合作過的朋友都知道這點。當我答應當時任職於中華書局的梁偉基先生編這套書後，很快便定好了全盤計劃。

　　我在二零零四年的六七月間便開始邀請老師參與這項工作，並在暑假前寄出批改指引、每頁的版面樣式、各種文體的寫作能力、批改後稿件的處理方法等給老師，務求他們一目了然，可以立刻準備開始工作。我更定出了交稿的日期，從二零零四年十一月底開始，每月交一種文體，依次序是記敘文、描寫文、抒情文、說明文和議論文；到二零零五年三月底，便可以收齊所有稿，這樣便可以趕得及在七月書展前出版。我這樣想當然是過於理想。

　　開始收稿時，問題便來了。有一兩位老師用筆批改稿件後寄給我，我審稿時發現有問題，便在稿件上說明，然後寄回給老師；他們修改完再寄給我，我覺得仍然有地方不妥當，便又在稿件上寫清楚問題所在再寄回給老師。這樣數來數往，仍然沒法解決問題，實在很麻煩。於是我和梁偉基先生商量，大家都覺得用電腦批改和交稿會更方便。我立刻用電郵通知老師，建議他們先用電腦打稿，然後再依版面樣式

批改，改好後用電郵寄給我。當我收到稿件時，有小問題的，我便代老師改了，不必再麻煩他們；如果有大問題的，我才會寄回給他們重改。如果老師沒空打稿件，可以把學生的手寫稿寄給梁偉基先生，梁偉基先生打字後再用電郵寄給老師，老師便在電腦上改，改後再寄給我。所有的稿經我審閱後，沒有問題的便轉寄給梁偉基先生存檔，並同時進行排版的工作，這樣工作的進度便會快些。

過了不久便收到一位老師寄來一篇可以做樣本的稿，我很高興；在得到她的同意後，便把稿件寄給其他老師參考，請他們依這個樣式做。我滿以為這樣的安排很理想，誰知問題又來了。我等到十二月中，仍然有相當多的老師沒有交第一篇稿，我想可能他們還沒有教記敘文；但開學已三個多月了，難道甚麼文體也沒有教嗎？為甚麼一篇稿也沒有交？我開始有點焦急，於是再發電郵追稿，等了一段時間，仍有好幾位老師沒有回應；我只好打電話給他們，才知道原來我寄出的所有電郵都是亂碼，以致他們誤以為是垃圾電郵而沒有開啟檔案；也就是說，從一開始他們便沒有看過我發的資料。於是我只好雙管齊下，立即把資料用電郵、傳真送過去，他們到十二月底，才正式開始批改的工作。

在審第一批稿的時候，很多稿件與我的構想有頗大的出入，於是我發還給老師重改，有些甚至改了多次。我想他們心裏可能怒我，但他們仍然忍耐地、認真地做好批改的工

作，實在感謝他們。因為太過急於如期完成工作，我在一定的時間內便發電郵給老師，提醒他們要交稿，這樣無形中給了老師很大的壓力。我有時甚至在星期天的早上，老師還沒有睡醒時便打電話追稿；當電話筒傳來對方像夢囈般的聲音時，我又感到有點歉意。我想老師很怕聽到我的「追魂鈴」，所以我也儘量改用電郵聯絡他們，直至我守着電腦多日多月都沒有回應時，才會出動「追魂鈴」。其實我也知道中學的老師工作相當忙，是不宜給他們太大壓力的，但為了如期完成工作，我才會這樣做。

今次這套書能順利出版，要謝謝各位老師準時交稿及對我百般的容忍，同時感謝梁偉基先生花了不少時間幫忙打稿。最後，要感謝為這套書寫序的學者，使這套書生色不少。

劉慶華